HOPE RISING
Stories from the Ranch of Rescued Dreams

心灵牧场

我和小牧马的
心灵契约

〔美〕金穆·米德尔 □著　　隋　荷 □译

重庆出版集团　重庆出版社

版贸核渝字(2004)第 66 号

图书在版编目(CIP)数据

我和小牧马的心灵契约 / (美)米德尔著;隋荷译 —重庆:重庆出版社,2009.12
ISBN 978-7-229-01543-5

Ⅰ.①我… Ⅱ.①米… ②隋… Ⅲ.①长篇小说—美国—现代 Ⅳ.①I712.45

中国版本图书馆 CIP 数据核字(2009)第 224037 号

我和小牧马的心灵契约

Hope Rising: Stories from the Ranch of Rescued Dreams

(美)金穆·米德尔 著 隋 荷 译

出 版 人:罗小卫
执行策划:龙云飞 鲁渝霞
责任编辑:陈建军
封面设计:重庆出版集团艺术设计有限公司·王芳甜

重庆出版集团
重庆出版社 出版

重庆长江二路 205 号 邮政编码:400016 http://www.cqph.com
重庆出版集团印务有限公司印刷
重庆出版集团图书发行有限公司发行
E-MAIL: fxchu@cqph.com 邮购电话:023-68809452
全国新华书店经销

开本:880mm×1 230mm 1/32 印张:7.75 字数:250 千
2010 年 1 月第 1 版 2010 年 1 月第 1 次印刷
ISBN 978-7-229-01543-5
定价:19.80 元

如有印装质量问题,请向本集团图书发行有限公司调换:023-68706683

希望从石头上升起

马鬃里的天使

Angels in Horsehair

　　亚当看上去比他的实际年龄小,当他的监护人把他介绍给我的时候,我首先注意到的就是这一点。他笼罩着悲伤的大眼睛,相对于那张小脸,显得越发大。他的身体蜷缩着,仿佛正试图让他娇小的身躯占据更小的空间。看来这一点是再明显不过了:这个孩子在他有生的几年中所经受的恐惧比大多数人整个一生所了解到的还要多。

　　这两个人已经到了牧场里,事先并没有告知我们,他们的愿望很简单,就是为了爱抚一下我的"马鬃里的天使"那柔软的口鼻。牧场显得生机勃勃,到处都是活蹦乱跳的孩子,亚当却静静地站在一边,独自一人,就像一只褐色眼睛的小羊羔迷失在一群同样颜色的小羊中。

　　我向他投去微笑,他却逃也似地赶忙看着地面,他的孤独令我的心惊愕不已。我向上帝祈祷,希望他能以一种特殊的方式与这个孩子在这个地方碰面。

　　我跪下来,静静地,轻轻地,与亚当简单地交谈起来。我问他以前是否骑过马,他的眼睛紧盯着地面看,像古代的圣人一样庄严,摇了摇头,什么也没说。"你想骑吗?"我又问。他的小脑袋突然抬起来,直视我的眼睛,目光中流露出些许的怀疑。我微笑地看着他那张狐疑的脸,"我们给你准备了一匹小马,"我告诉他,"一匹非常特别的马,他一定十分乐意见到你。"

　　"真的吗?"他问,问话中夹杂的复杂情感明眼人一看便知。他先看了看那个监护人,然后又看了看我。我告诉他缰绳在哪,又指给他跑马场后面的一个地方,就是金黄色小马赫博斯呆的地方。亚当神采飞扬地冲我们咧嘴一笑,就径直地一溜烟跑开了。

　　从远处看,在那一时刻,他一定和牧场上的其他孩子一样,但在我的视野内,我却被我所看到的景象震惊了!他的笑展示出一口破碎的牙齿。他在我们前面跑着,这一切使我感觉脖子像针扎了一样刺痛,我转向他的监护人,轻声问道:"真的和我想像的一样吗?"

　　费了好大的劲儿她才回答我。她说话的时候,愤怒和同情令她的声音有些哽咽。"比你想像的还要糟得多,"她终于开口讲道,"作为一个父亲,他理应爱护、珍惜并保护自己的儿子。亚当的'爸爸'不但用拳头敲碎了儿子的大部分牙齿,而且就在他进监狱之前,他一喝醉,就让儿子在院子里到处跑,而他则端着步枪朝儿子射击。"

　　我们继续走着,一句话也不说。这时亚当已经走进了跑马场，开始抚摸小马的脸。"他能活下来，这真是个奇迹。"她最后说道。

亚当和我一起把马牵回到拴马柱，开始刷马和套马具的过程。我总是把自己的手放在他的手上引导他，我握住赫博斯的蹄子，亚当负责清洗；我举起马鞍放在马背上，亚当则负责绑上肚带。接下来就该套马笼头了，我做给他看，告诉他手和手指应该放在哪，胳膊应该是什么姿势，他应该站在什么位置上。我给他的手摆好姿势，这样他就可以正确地握住马缰绳了，然后我轻轻地把他的头移向马的左肩。现在一切就都交给他自己了，我静静地后退几步，站在那里观察。

亚当默不作声地站了一会儿，似乎在温习他刚刚学到的一切，突然，赫博斯做了一件事，一件前无古人、后无来者的事，我从来没有看到马会做这样的事。小男孩站在小马的肩膀旁，赫博斯伸出他的头和脖子，把亚当紧紧地揽向自己的身体，小马的脖子用力地夹紧亚当，使他的胳膊都难以举起来。

就这样他们站立了良久，小马用脖子围住亚当的小身体，他一动不动，只有眼睛转来转去，他看着我，很明显，亚当有点害怕了。

赫博斯在做什么？我只能想到一件事，于是便脱口而出："哦，我的天哪！我想这匹小马正在拥抱你！"

亚当惊恐的大眼睛像弹球一样转动着，试图弄明白眼前发生的一切。

　　"我从来没见他这样做过，"我补充道，"你一定是个不同寻常的孩子。"

　　听到我鼓励的话，亚当的表情逐渐放松了，他好像接受了我刚才说过的话。慢慢地，他把右胳膊抽出来，回应给小马一个拥抱。在这一刻，这个受尽折磨的小孩成了一个再普通不过的男孩，一个得到小马喜爱的男孩。亚当的头慢慢低下，直到靠在了赫博斯的脖子上，他一遍又一遍地说，就像轻声的祈祷，不是对别人，而是对自己："他喜欢我……他喜欢我……他喜欢我。"

　　过了好几分钟，赫博斯才松开这个孩子。这个世界上居然还有人爱他，这一点让亚当受宠若惊，他用双臂紧紧抱住小马，把脸埋在赫博斯金色的身体上。

　　就这样过了好久，小男孩才放松了对小马的拥抱，开始长时间地抚摸小马脖子的两侧，在小马的感召下，曾经禁锢亚当幼小心灵的石墓终于坍塌了。终于，他微笑着，仰视天空，这是一个灿烂无比的微笑，尽管牙齿参差不齐，这微笑却光彩夺目，就像我们看到的太阳的光芒一样。他的胳膊还在马的身上，这时，他转过头来，看着我，"他喜欢我！"他再一次说道，但这次他是大声说出来的，眼睛里闪动着自信的神采。

　　我仰望天空，眨着眼睛，微笑着轻声说道："感谢你，上帝。"

旋风

Eli's Whirlwind

　　尽管它们的形态各异,规模不同,旋风是这里(我们现在称之为家)常有的事。大多数情况下,它们不会造成伤害,但当我们第一次看到旋风攫取几个防风罩(而且每个都重达 1 吨多),先是把它们连根拔起,然后再抛向空中,特洛伊和我简直惊呆了。我们看到过 50 加仑的鼓被吹到 200 英尺以外的地方, 我们也看到过一堆堆的单张信息资料以及孩子们画着马的图画纸在螺旋式急速垂直上升的旋风中,向天空的方向疾驰飞去。

　　大多数的旋风规模很小,就像顽皮的小精灵,逗惹孩子跑着去抓它们。孩子们会放下手头的事儿,全然不去注意耳朵里的沙粒,他们会冲到盘旋上升的尘土中,尖声喊叫、狂笑,头发在旋风中被吹得张牙舞爪。

　　尽管有时孩子们有点吵闹,我却发现旋风给我们带来了美感、兴趣和——也许是自相矛盾的——安慰。你能够看到它们缩成一团,不知道里面到底是什么东西,我们看不到风,只能看到它存在的证据。

　　无论何时只要旋风来了,我就会禁不住停下正在做的事情,充满敬畏地驻足观看。就像转瞬即逝的流星或一阵突如其来的闪电,只有那些少数的几个幸运儿,他们把目光投向天空,睁大双眼,才能看到这稀有而壮观的场面。它们让我的内心充满了强烈的自信,感觉上帝就在身边。

这是星期一的早晨,电话响了起来,仿佛大头朝下失去控制的疯狂的过山车——愤怒的来电者胸中奔涌着怒火,他们是一群关心马的人,请求我对一桩虐马案进行仁慈的调停,一些官员们正在寻求法律的解决方式,希望靠法律的手段来解决此事。这件事是再清楚不过的了,有一匹马迫切需要我们的解救。

特洛伊和我在水晶峰开始我们的马匹援救行动的时候,我们还不知道这个地区是多么地需要这样一个机构,甚至在取得非营利的身份之前,求救电话就如潮水般涌来。

有几个电话是心情烦乱的马的主人打来的,他们把马委托给驯马员,当马返还的时候,他们发现由于残忍的毒打或虐待,这些人类的朋友的身上连碰都不能碰了。还有些电话是那些不想照看伤马的主人打来的。对我而言,这是最糟糕的,这些马在他们生命中最辉煌的时期,把他们拥有的一切都贡献了出来——驮着他们的主人走向卓越的胜利,伴随他们的孩子一起成长,毕生为主人创造冒险的经历和快乐的回忆。这些忠实的同伴把他们的心血和力量统统倾注给了这些家庭,而如今,身体衰弱得无法干活或难以复原的时候,他们的主人却不再需要他们,并把他们弃置一边。有很多电话是邻居打来的,看到马遭受虐待或忽视,他们十分担忧,再也无法忍受下去了。这就是他们打过来的旋风一般的电话的大概情况。

拥有了像旋风一样紧急的信息,我凭借地址开着旧卡车来到事发地。把车停靠在破烂不堪而崎岖的路的一侧,然后熄火。有一段时间,我只是简单地打量着周遭,我所看到的一切都远远超出了电话里的描述,即便是从 100 码的距离之外,也能够看清楚这匹马需要立刻施以特别护理。

我抑制住一阵内心的恐惧,沿着长长的车道静静地向前驶去。在这个地方,我不是客人,而是一个调停者,或者说是一个不请自来的人,也许还会成为人们恶意谴责的目标。想要转身离开很容易,不会有人知道我的这种胆小退却的行为——可能只有那匹眼窝深陷、瘦得皮包骨头的马了解这一切,但这匹马此时正在乞求着我的同情。

当我不情愿地走向这所大房子的时候,面前的路似乎无尽无休,走到正门时,我的脚步则变得又快又轻。

每走一步,我都感到了即将到来的对峙带给我的重压,我憎恨援救行动中的这一部分——一种即将唤醒潜伏在我视野之外的灾难的感觉。

房子在我面前出现,它整齐干净,显示出主人的尊贵。我犹豫不决地敲了敲木门,声音很小,似乎融化在了午后的微风中。没人出来开门。是不是屋里没人,这也许是我更愿意的。

　　我顺原路返回,沿着斜坡走向农舍,我得弄清楚,我必须亲眼看见。

　　当这匹马的惨状出现在我视野之内的时候,我感觉自己的唇边不由自主地发出了一声痛苦的呻吟。他太虚弱了,连我的出现都没有注意到。他齿状的脊柱比凹陷的肋骨凸出 3 英寸,他的髋骨凸出得更严重,好像随时随地都会撑破皱皱巴巴的皮肤。他的目光呆滞,所有剩余的体力都庄严地集中于他自身,怀疑自己能否活下去。

　　曾经淡褐色的浓密的皮毛,现在也所剩无几,这件"冬衣"几乎难以保持身体些许的热量。显而易见,长期的腹泻令他的臀部和后腿的大部分都疼痛不堪。再走近些观察,就会发现他憔悴极了, 他的直肠收缩在身体里面 5 英寸多,排泄体内废物的洞口已经变形,和地面成水平线,使得他体内的稀便都聚集于此。这一怪异的构造实际上使与他虚弱身体相通的洞口更容易发生感染。

　　在我的内心深处,愤怒和痛苦剧烈地翻滚着,喉咙感到一阵阵的发紧,好像被什么东西堵住了。我不知道自己是应该高喊还是尖叫,应该狂怒还是哭喊,我不顾一切地跑了起来。我跑过洁净的房子,来到长长的车道,试图用跑来驱赶我的愤恨。面对面可能成为一种与怪物间的对峙,我宁愿避免这一切,但这次,我的狂怒把怪物赶跑了,我不再顾头顾尾了。

　　这次来访之后,紧跟着就是一通通的电话,主要是交流一些必要的信息,完成书面的工作。终于,特洛伊和我再一次重复了上次的行程，这一次拉了一个拖车，我们沿着破碎蜿蜒的公路行使着。

到达后，我心平气和地与主人谈论着，他们看上去很友善，但其致命的缺点似乎在于观察力的极度匮乏。我戴上墨镜，顺着他们的肩膀方向望去，此时特洛伊正引导着把我们的新货物装车。由于我的注意力完全放在了这个被阉割的公马上，他们那些礼貌的话语并没有引起我太多的理会。

每走一步对他来说都十分艰难，但当他看到敞开的拖车，他的头却令人惊讶地微微抬了起来，他用力举起四蹄试图尽快结束行程。他很清楚自己的现状。这时，他最大限度地运用自己的意志力，用尽全身剩余的力量，一鼓作气把后腿举到了拖车上，就像船舶失事的幸存者，纵身跳到了停靠的救生船上一样。然后他站在拖车里一动不动，因为努力让自己的身体挪到距离地面 14 英寸的高度上，他气喘吁吁，精疲力竭。

回到牧场后，我们小心翼翼地把他从拖车上挪到公共区域，然后开始极度痛苦的漫长旅程——75 码——从这到康复养马场的距离。因为极度用力，他的身体摇摇晃晃，我们不得不停下来休息两次。"你很快就会没事的，"我们哄着他说，"一切都会好的，只要再走几步的路……你就要到家了。"他累得上气不接下气，我则不断地抚摸他的脖子，给他鼓励。

太阳几乎滑到了成锯齿状的地平线之下，长长的阴影已经转化成墨水池一样黑,夜幕降临了。透过马的松垂的颈项望去,特洛伊的脸上露出和我一样的痛苦表情。我们没有讲话,但我们之间非言语的交流已足够——在这样的时刻,语言能表达出什么呢?

两天半过去了,对这匹可爱的马,我越来越担心。由于良好的营养和医疗保护,从身体的角度来讲,他已经恢复了许多,但从态度上,他依然只注意自己,而且情绪沮丧,他还没有注意到我或者其他人的存在。

我透过栅栏,一边观察他,一边思考。不管怎么说,我还没有达到目的,我还没能成功地与他交流。他的精神似乎陷在向下的螺旋状态,由于长期面临死亡的威胁,他仍然处于死亡的重压之下。即便这个威胁已经不复存在,他却已经放弃了希望,他的生命之光业已熄灭。

突然之间,我感到自己再也看不下去这个令人难过的情景了,我隐约意识到,尽管我们已竭尽全力,这匹马将不久于人世。

我想让他知道他是非常珍贵的,经过深思熟虑,我不慌不忙地把他带到拴马柱。打好结拴好马后,我拿出一个特殊的盘子,里面盛装着我们最好的刷马用具。他理应享用最好的东西。我把一种特殊的油和香料的混合物按摩到他黑色的鬃毛里,我做得一丝不苟,一缕一缕地揉搓,先前还乱蓬蓬、脏兮兮的毛发现在变得光滑、平贴,在午后暖洋洋的阳光的映照下,闪闪发光。然后我给他的尾巴上也抹了同样的油膏。

接下来,我开始给他涮洗身体,他破烂的外皮几乎被剥开,就像是破旧的地毯一样,在极度的悲伤中,我的眼睛噙满泪水。皮毛底下不是富有光泽的"夏衣",而是几乎裸露的肌肤,主人的疏于照料使他的身体丧失了生长正常毛发的能力。他黑色的皮肤上连长一点粉红色绒毛的迹象都没有,我机械地继续刷洗他的身体,大声哭泣。

天气温暖而静寂。头顶上巢箱里的麻雀正围着新孵出的小麻雀们引吭高歌。金黄的马毛满地都是,在我脚底下足有 4 英寸厚,当我们的马的可怕的身体充分呈现在眼前的时候,我一边刷马,一边哭。最后,我把身体向他倾斜,两手放在他的肩膀上,开始为他祈祷。天使们看到了一个脏兮兮的妇女正为一个长着金黄毛发、瘦得皮包骨头的马祈祷着。

时间一分一秒地流逝,我感觉到了马身上的微妙的变化,我仰视着他黑色的大鼻孔,此时,他的脖子则尽可能地朝我弯曲,他正看着我呢,这还是第一次!我回应着他的注视,他的眼窝依然深陷,但是毋庸置疑,生命之光又回到了他曾经枯槁的双眼。

我朝着他伸出来的口鼻走过去,用双臂把他的头紧紧地抱在我的怀里,死亡的胁迫已经不复存在,发自仁慈的上帝的一声呼吸,已经把他朝相反的方向吹了回来。在那个时刻,我知道,他已经选择活下去了,我们紧紧地拥抱着,我潮湿的脸颊紧贴在他的前额上。

当我抬起头亲吻他的脸时,我看到了旋风。它足有 10

英尺宽,正盘旋着缓慢穿过庭院。旋风不紧不慢地移向我们,直到把我们完全围在其中。棉絮状柔软的毛发在我们的周围缓缓上升,就像一条金黄色的柱子,呈螺旋状慢慢地朝天空升去。

我抱着马头,充满敬畏地屏气观察着,地上几乎每一缕毛发都缓缓地向上盘旋着,越升越高,直到消失在视野之外。

我仰视天空,此时我知道我的祈祷已经应验了,就像《旧约》里忠实的先知以利亚,被旋风带到天堂,从而逃脱一死,我们人类的朋友——马的毛发也被带到了上帝的领地,这是对我的祈祷象征性的回应,像来自天空的轰隆隆的雷声一样,响彻我心。我知道这匹马——"伊莱",我刚刚给他取的名字,此时或不久的以后都不会死了。

就像上帝寄给我一个包裹,让我一看便知,这个答案再明显不过了,因为上天知道,旋风的出现让我的内心充满自信:我的上帝就在身边。

变形

Metamorphosis

我站在山顶上，俯视着不久就要拥有的一切，觉得自己宛如超现实主义油画的一部分。举目远眺，我的内心和双眼几乎无法包容这连绵不断的壮丽山脉，在它的映衬下，俄勒冈州中部的轮廓依稀可见。山脉直插云端，闪现在我面前，就像张着大嘴露出的闪光而雪白的牙齿，高耸在山谷和裂缝之上，屹立在山脊和悬崖峭壁之巅。仰视苍穹，滚滚的云团投射出光与黑的图案，像豹子身上的斑点，在山下起伏的绿色帆布上移动。山下一片碧绿，雄伟壮观，从来不会由于人为的虚弱的征服自然的企图而有所变化或受到抑制。这令我激动不已。

我深深地吸了一口气，把手放在髋部上，试图鼓足所有的勇气向下望去。原因再明显不过了，就在我的正下方不远的地方，就是我和丈夫特洛伊怎么也买不起一笔壮观的财产——然而我们的确刚刚购买了自己的大煤坑。

它壮观地横卧在山谷中，看上去就像一个贪婪的巨人一口咬了三大亩的土地，留出一道裂口，一个红壳的大坑。这块土地先前的力量与承诺已经荡然无存，曾经美丽的山岗现在却孤零零地立在那里，毫无生气，破烂不堪，修复无望。上天赋予的一切固有的东西已经荡然无存。这份财产如此地面目狰狞，以至于我们许多的家人和朋友一看到它，就立即厌恶地掉头而去。有几个人甚至嘲笑我们的有勇无谋，居然想要这样一个无用之物。

尽管土地已完全衰败不堪，特洛伊和我却看出了其中的玄机，我们不在意它现在的样子，而更关注它能够成为什么。在当地牧场工人的帮助下，我们开始在大煤坑的地面下埋有机废物材料，像粪肥、稻草、木头刨花一类的东西，以便打好基础，能够再一次让生活锦上添花。

特洛伊是个庭园设计师，他把每个有凹痕、断裂、被弃置的树带回家，在陡峭的岩石地面上挖坑，我们一起种植这些树。经过几百个小时的挖坑、拦地、铲土以及同样时间的浇水，我们的大煤坑终于改天换地，变成了一个功能完备、漂亮无比的牧场。

这真是绝好的搭配，残缺的土地上种着300多棵残破的树和灌木，养育着一群虚弱的马，所有这一切的爱，都使得成千上万的心碎的孩子们重新找到了生活的意义。

曾经需要愈合的东西现在得到了愈合；曾经残败的一切现在获得了修复；曾经失去的一切又失而复得。

独自飞行

Solo Flight

今天是不同寻常的一天。9岁的小男孩埃里克,鼓足所有的勇气,认为是应该骑马慢跑的时候了。他把头盔用带子固定好,提了提牛仔裤,爬到骑马台的中央。当他准备骑上马的时候,他的小黑眉毛紧紧地拧在一起,似乎下了很大的决心。

骑到马鞍上,他以一个战斗机飞行员的专注姿态,回顾着所有应该注意的事项。透过他的小眼镜,我能够看出他专注的神情,他在认真地消化我讲授的每个细节。经过热身练习和许多的疾走训练,他已经准备就绪。当我讲授到最后的地方,他的小喉结因为用力吞咽而向下动了动。他敏锐的目光离开了我,投射到了跑马场的护栏上,用一种象征性的身体语言告诉我:"不可能打退堂鼓了。"

我告诉他先让马疾走一大圈,然后再给予马一些语言和身体上的暗示让他慢跑。他把肩膀放平,挺胸抬头,高傲地抬起他的小下巴。他终于出发了,表情异常庄严,就像一个奔赴战场的战士。

这一圈骑得简直完美极了,他在鞍座上轻快的姿势更

17

是恰到好处。他梦想中的里程碑就要开始了,是时候了。他穿过一条假想的线,马就开始轻轻地纵身向前腾跃,立刻开始奔跑起来。埃里克身体的反应速度非常快,就像有人用大炮对准他射击一样,他嗖地窜了出去。他的头突然向后移动,双手和双脚腾起,猛烈抖动的身体试图保持平衡。我敢肯定, 他的脑子一定听到了震耳欲聋的警告:"快跑!……快跑!"

世界在他眼前快速掠过,可埃里克并不惊慌,他就像一个训练有素的飞行员,他因势利导,解决了每一个问题,直到他的马最后完全停了下来。

"呀呼,牛仔!"我使劲地拍手,大笑着,走上前去祝贺他,"太好了,埃里克,你真是太棒了!"

他深深地呼了一口气,随后紧张地格格格地笑着。"哎呀!"他重重地松了一口气说,"那简直太惊险了,我的两只脚都离开了脚镫!"

开始

杰西卡从不讲话。她的心就像耶利哥古城，巨大的石头墙把它封得水泄不通。如同一个螺旋形的连锁反应，她失去了一个小孩可以依赖的一切——父母的关注、家人的支持和家庭的安全感。每个十几岁的女孩对未来都充满着美好的憧憬，而她的美梦却被无情地毁灭了，而且没有希望恢复。这些破灭的梦想驻留在她内心荒芜的城堡中，散布在她脚下的突兀碎片的迷宫里。她不敢朝任何一个方向迈步，生怕踩到过去生活中的尖锐残片，她不想再冒受伤的危险。就像是站在雷区里，她蜷缩成一团，身体、思维、灵魂和精神汇聚在一起，组成了一个脆弱的同心圆，一个饱受伤痛的躯体就畏缩在中心。

杰西卡只有 16 岁，接近白化病的苍白的脸色难以遮挡压力给她造成的印记，她的眼圈明显发暗，略微下垂的双唇几乎是透明的，微微露出一点点的血色。她金色的头发即使凌乱不堪，依然具有一种忧郁的美。

起初，我全然不知杰西卡为什么来到牧场，特洛伊和我刚刚购置了这块地，我们没有畜棚，没有避身之所，没有马具房,更不用说马具了。只有一个畜栏、一个拴马柱,还有我们刚刚援救的两匹遭受饥饿和虐待的马。为了供养这些马,我们必须卖力地工作,必须自己创造最基本的必需品。

看马是杰西卡长途跋涉到牧场来的借口,只要她买得起汽油,她就会开车来。每次她从那破旧不堪的车里爬出来,她那深钻蓝色的眼睛就会轻易地发现我。这是她进行生命交流的惟一方式,发自如监狱一般静寂的内心。她的目光上下游离,努力在害怕拒绝和请求接受之间寻求平衡。这使我想起了遭遗弃的小狗因为恐惧而浑身颤抖,非常渴望得到搂抱,同时又害怕得不到而不敢有所奢求。我只想把她紧紧地拥在怀里,让她依偎在我的胸口,希望她知道,她已经找到了可以休息的避风港。

开始,我以为我需要语言填补我俩之间长久的沉寂,可如果进行单方的对话,就太让人精疲力竭了。过了一段时间后,一种无言的启示跃入了我的头脑。杰西卡不是来听我的无休止的聒噪的,她来这,基于两个简单的原因:她需要有安全感,她需要感到被爱。这两种感觉都不需要太多的话语。

我们援救的两匹马目前还太虚弱,根本不能驮人,杰西卡也不能提供太多的东西,但她已经倾其所有了。终于,她无声的存在已经开始有了另外的用途,在每匹马身上她都发现了一个秘密,就是另一种生物(同样遭受遗弃,同样孤独)需要她的帮助才能康复。

看着他们在一起，我平生第一次亲眼目睹了一个孩子努力改善一匹马的过程。当杰西卡给予并接受到这种无条件的爱的时候，她的自信和自我价值感也在提升。

杰西卡不声不响，有点儿让人捉摸不透。如果我的目光在她的身上稍微停留得长一点，她的大眼睛就会像陨落的星星一样垂下来，我感觉到，这种压力就像镭射光柱投射到了她贫瘠的灵魂上，在我的目光的注视下，她可能会烧成灰，然后随风飘走。然而，她挥动锤子时，却浑身充满着男人的力量，可以连续干几个小时的活。在我们最初的几天和几个星期的时间里，她不声不响，同我们一起劳作，为建成我们的牧场打好必要的基础。我们迫在眉睫的工作，就是围绕着这块地支起一道蜿蜒曲折的篱笆墙，因为这块地的地面上岩石太多，我们不得不放弃钻洞或掘桩的尝试。蒙大拿式的栅栏似乎是惟一的选择，就是用固定杆巧妙地搭成"A"型框架，直立在地面上。建造这种篱笆的明显弊端是，需要成百上千的固定杆，要依次进行测量、锯断、钻眼，然后才能用五金件固定，做成框架。这些固定杆不好拿，又十分沉重，每个框架得用肩膀扛到指定位置，每10英尺一个框架，然后用3个12英尺长的杆子相互连接起来。这个过程冗长乏味，消耗体力，可杰西卡却一点儿也不感到疲惫。除非天黑得难以继续干下去，否则什么也无法让她停下来。

星期三的一天，湿气和狂风的碰撞形成了倾盆的冰雹。通常，从牧场望去，高耸入云的山脉让我内心赞叹不已，无论手上的活是多么艰巨，不管我的生活中会发生什么意想不到的事，这种感觉总会有，可今天，这些山脉全然笼罩在可怕的灰色云团中。

我们利用早晨的大部分时间把圆木和杆子扛到了固定的地方，现在对大家来说，绑篱笆这个枯燥乏味的活倒成了一种受欢迎的调剂。杰西卡和我带上电钻，8英寸长的方头螺钉，几百个螺栓垫圈，一个锤子和手锯，然后一起挣扎着走向暴风骤雨的山坡。

我们干着活，刺骨的风猛烈地刮着，冰雹抽打在我们的脸上钻心的疼。冰冷的水滴沿着杰西卡冻得发红的脸上流下来，一卷卷的头发从马尾辫里脱落出来，冻在了她的大衣上、脖子上和嘴唇上。她好像没有意识到这一切，继续进行着手头的工作，而且干劲十足。

当重型电钻电池的电耗尽的时候，我想我们得用半个小时的时间给它充电，同时也给我们自己"充充电"。我们都需要暖和暖和，把衣服弄干，而且我还要回一个长途电话。"我们到屋子里去吧，"我建议道，"去喝点茶。"

杰西卡轻轻地摇了摇头，我恳请她躲避一下狂风暴雨，进去休息一下，但她却坚定地拒绝了。"我得去打个电话，"我跟她讲，"答应我，如果你太冷了，一定要进来。"那个时刻，我差不多是哀求她了，但内心还是挺满足的，因为她对我点了点头，虽然动作不易察觉，但我还是注意到了。

站在屋里，倾泻的冰雹发出的声音如同玻璃珠子打在玻璃墙上。我打开灯，顿感温暖惬意，就像每次回到家里的感觉一样。我们用油漆涂抹了一些墙面,看上去像旧的羊皮纸,其他的墙面则泛着温暖的土坯红色,对于我们西式风格的家具和"庭院拍卖会"上买到的珍宝的折中组合,这恰好形成了一个绝妙的背景墙。我把湿透的大衣脱掉,把水壶放在火上烧水。

从屋里看,这场暴雨显得更糟,看到远处杰西卡在猛烈的冰雹中幽灵一般的形象,我的内心感到一阵剧痛。我回了电话,本想说几句话快速地结束,结果却变成了半个小时的内容丰富的电话粥。我一边看着钟,一边想着杰西卡,我刚挂断电话,这时屋外的一个场面吸引了我的目光。

我走到一个大窗跟前,看到杰西卡正牵着我们刚刚救援的一匹马到拴马柱那儿。那是一匹灰色的母马,当我们找到她的时候,她是如此的羸弱,我甚至害怕她的腿部的损伤是永久的,难以治愈的。自从几周前我们把她带到牧场来,她的状况已经有了显著的改善,可现在依然憔悴、虚弱。杰西卡自己坐在拴马柱的护栏上,摇摇晃晃得很不稳定,同时她的头和马头紧紧地贴靠在一起,鼻子对着鼻子。这些激起了我的兴趣,我的脸贴在玻璃窗上,呼出的热气在玻璃上生出一层雾气,我心不在焉地用手擦干净。上帝啊,发生什么事了?我非常想知道。

突然,杰西卡仰起头,正了正身体,好像是出于某种神秘的默契,马的头也突然扬了起来。现在,我可以清楚地看到发生的一切了。在寂静的房子里,当我意识到他们正在做的事情的时候,一股热泪涌上了我的双眼。杰西卡正在

23

讲话！她挥动着手臂，像是在强调所讲的内容。封存了几年的话语，那些需要表达的话语，正像洪水一样奔涌而出。包围她的心灵的石头墙，就像耶利哥古城的巨大城墙一样，顷刻间全部坍塌了。我以天使的视角，看到了他们的谈话，一个生动的单向的对话，中间不时穿插着手臂的挥动和眉毛的上扬。从渴望的马到渴望的女孩，再从渴望的女孩到渴望的马，一阵爱的暖流温暖了她们贫瘠的心灵。

屋外倾盆而下的冰雹变成了疗伤的雨，凭借只有上帝才能理解的信任和爱心，一匹遭遗弃的马获准进入了多年来别人难以涉足的地方，她步入到杰西卡心灵的雷区，到达了一个伤心的孩子的内心世界。

在那一刹那，我在心里默默许愿，希望建造这样一个地方，可以让这种奇迹一遍又一遍地发生。在这个地方，天使会化装成一匹渴望得到爱的马，到达同样渴望爱的孩子的内心和灵魂。这真是一个完美的组合，天造地设的一对。就是在这一时刻，水晶峰青年牧场的想法诞生了。

那天所发生的一切，冷冰冰的监狱的摧毁，温柔的被囚禁的灵魂的解放，寂静世界的终结，其实都只是一个开始。

希望在孩子的内心升起

愿望树

The Wishing Tree

"妈妈，愿望树烧倒了！"布里安娜哭喊着，她的声音和她娇小的 9 岁的身躯一样细弱，"我和希瑟一起去看，看它是否完好无损，结果出乎我们的意料，在上个星期的大火中，树林被烧成了平地。"

"亲爱的，我知道那场大火，"她妈妈说，"可'愿望树'是什么？"

女孩深深地吸了一口气，似乎要为自己就要抖落的一系列珍贵信息做充分的准备，她把脸转过去，盯住地板上某个假想的地方，"愿望树是我们的一个特殊的去处……"她开口说道。

对于布里安娜的妈妈而言，这个故事是她从没有听到的，孩子告诉妈妈这个避难处所在的位置，还有在每天晚上，她都和姐姐希瑟跑到那里去。对别人来讲，这只是个古老的杜松子树的树桩，布满洞穴的木制纪念碑，没有任何用处,而且中间还是空的。但上帝认为所有世间万物都是自然循环的一部分,即便这棵树死了,却依然给这两个饱受惊吓与折磨的孩子带来新的生命或者说提供了一个避难之所。

希瑟和布里安娜在这个枯槁的巨大树桩里找到了一个空地,她们应着召唤爬到里面的安全地带。在这里,在强壮的木头胳膊的隐形保护下,她们找到了逃脱恐惧的方法。在这个秘密之地,她们找到了生活中几乎被摧毁的东西——希望。最近,她们摆脱了恶语相加、拳脚相向的父亲,正试图忘记过去的一切。曾经熟悉的不快已经变成了遥远的过去,现在她们两人相互拥有着对方。

但是这个古老的森林给予两个小姑娘的保护还远不止这些。它不仅是远离恐惧的理想中的城堡,而且在这个秘密的藏身之所,两姐妹可以再次成为普普通通的小姑娘,她们可以格格地笑,尽情玩乐,分享彼此的小秘密。在这个圣殿里,熄灭了很久的希望之火又重新点燃了。

她们年轻的心中燃起了希望之火,在所有这些梦想中,有一个梦想比所有其他的梦想都更强烈,这个梦想就是骑马。任何骑过马的人都了解这种渴望,嗅着马身上泥土的芳香,在浓密的马鬃下暖着双手,感觉上帝最强有力的生物在你的身下,忠心耿耿地谛听你的命令……这是一种得到自由的感觉。

她们的梦想成了一种愿望,成了她们心中最明亮的星。她们的心里小心翼翼地装着这个愿望,每天都爬到这个灰色的树根里,双手合十,祈祷着有朝一日她们的愿望可以变成现实。就是这种信念,两个小姑娘质朴、天真的信念,把这个毫无生气的老树桩变形成了具有象征意义的"生命之树"。如果树桩能够微笑,我敢断定,它第一次朝着小姑娘们微笑的一刹那,在小姑娘的心中,它就成了愿望树。

电话那端妇女的声音非常微弱,我得把听筒紧贴在耳朵上才能听到,就像是一个濒临死亡的人发出的微弱的呼吸声。她讲每一句话的时候,都要用尽全身的力气,承载着巨大的痛苦。毫无疑问,一切都表明这是一个遭到非人虐待、饱经沧桑的妇女。她说她的名字叫黛安,我们在电话里交谈了将近1个小时,一个字一个字地,关于她的可怕的故事展示在我的眼前。就像是一捆卷得极为紧绷的纸,每个刚刚展现的细节都慢慢地、吃力地揭示了她充满恐惧的一生。她的声音空洞、虚弱、胆怯,好像在任何一个时刻,只要是选错了词,拳头就会从电话的另一端如雨点般袭来,打到她的下颌上。

我用手掌托着前额,重重地跌在桌上,我极力地理解她刚刚描述的暴力。她丈夫的暴行残忍至极,她住院就达到了15次之多。有一次,他喝完酒后撒酒疯,打断了她的一只胳膊和锁骨,然后,抓起她,从二层楼的窗户扔了出去。靠上帝的慈悲,天使的庇护,她死死地抓住栏杆,直到救援的人赶到。

因为那次殴打,她丈夫进了监狱,在这个短期的囚禁中,黛安收拾行装,带着两个女儿逃命。她们开着车一路逃跑,就像身后有魔鬼在追赶似的。她们尽可能地多行驶一段路程,好尽量和那个男人拉开距离,那个曾经发誓爱护她、尊重她和珍惜她的男人。

和她一样,她的车也饱经沧桑,并且耗尽了全身的气力,曾经在三个不同的州抛锚。一些卡车司机慷慨得令人难以置信,他们了解到她的处境以后,自发地成了她的监护人。他们自身的工作已经是焦头烂额了,但却挤出时间帮助她,确保她不会处于孤立无援的境地。他们意识到了她的恐惧心理后,就组建了一个轮流安抚队,保护她度过困境。他们在前面用无线电发送信息,在司机中创建了一个保护网络,这样,司机们就能够安全地指引"小妇人和她的天使们"了。在这个国家里,他们走了一英里又一英里,用他们自己的设备拖拉这个妇女的抛锚的车。尽管卡车司机们走的路线各不相同,但他们会把保护的对象托付给下一个可信赖的司机,这种保护她的职责丝毫没有怠慢过。这样,他们各尽所能,使出浑身解数,指导她什么时候该休息,什么地方是安全的。

一路上,她们疲惫不堪,精疲力竭,最后不得不停下来。她们找到了一个破旧的避身之所,以便度过这个可怕的夜晚。即便在此时,当她带着睡眼惺忪的女儿们穿过一排排拥挤不堪的双层单人床的时候,这个骨头都快散架子的妇女依然感觉到盯在她身上的邪恶的目光。其中有一个男人,感觉到了她们这种潜在的恐惧,跟着这三个绝望的人来到了避难所的尽端,她们床铺的所在地。在前台,她把她的困境——逃脱遭受虐待的生活的事讲给服务人员听的时候,他偷听到了他们的谈话。

"在我还是孩子的时候,就看到我的妈妈遭受毒打,"陌生人自告奋勇地说,"女人不应该受到这样的对待,"他的眼睛垂下来,看着地面,继续说,"我知道这里的人不友好,我想让你休息,我想使你感到安全。今天晚上,我站在这里为你守门,你介意吗?"他的问话小心翼翼,就像一个小男孩,就是对自己的亲生母亲,他所做的也不过如此。说完他的请求,他一转身走了,整个一个晚上,他都勇敢地站在她们的门外。在漫漫长夜里,蜷缩在一起的这一家人听到了他驱赶那些不怀好意的人,这些人停留在他们的门外,企图有不轨的行为。这个天使般的守护神,有着一颗狮子般勇敢的心,任何一位母亲都会为这样一个长大成人的儿子而自豪。他守了一个晚上的夜,憔悴枯槁的妇女和惊恐万状的孩子们终于得到了休息。

天刚亮她们就又出发,再次得到了卡车司机的自发安全网络的帮助。戴安一直开车走,几乎走到了国土的尽头,从路易斯安那州往西,她们已经无路可走了。她们走完了2 000英里的路,最终她感到足够安全了,于是在俄勒冈州的班德停了下来。

刚一到那,戴安就在当地的报纸上读到了关于水晶峰青年牧场的报道。她吐露说,一个多星期以来,希瑟和布里安娜一直哀求她打这个电话。当讲到她的两个女儿以及她

31

们梦寐以求的骑马的愿望的时候,母亲的声音轻轻地向上扬了扬。她犹豫不决,说话又有些结结巴巴,最后才说下个星期是布里安娜的生日。长时间非人的折磨,使她对一切都不抱什么希望,她只是简单地说:"我们可不可以去你那儿?"

很快她又变了卦,害怕自己提出了太多的要求:"也许,她们可以不必骑马或做别的什么事情,"她请求说,"她们只是出来到你那里去,只是去看看马。"

我打心底里渴望她们的到来。"你们当然可以来了,"我对她说,然后在当时当地就做了安排。放下电话,我重重地叹了口气,为她们祈祷起来,仁慈的上帝,请帮帮这可怜的一家人。

在约定好的那一天,我站在那里,内心充满了期待,留意着两个女孩和她们的妈妈从车里胆怯地走出来。她们是紧靠在一起朝我走来的,看上去就像一个人。我想,这就是使她足以活下去的一切。我的第一个冲动是把她抱紧——把她们全都抱紧——紧紧地抱在我的怀里,轻吻她们深陷的脸颊。我想向她们保证,在这个地方,她们将感到绝对的安全,在这里,希望和爱将会开花结果。

但是一个令人不快的想法阻止了我的行为。她们从来没有感受过爱的抚摸,我拥抱她们的第一个冲动也许会遭到误解,她们会把它理解成一种威胁,而不是安慰。我控制住自己的感情,用温暖人心的话语同她们打招呼,欢迎他们来到我们的小牧场。我向她们保证,从今天开始,一定会发生很多精彩的事情。

开始，孩子们对于是否同我打招呼，有点犹豫不决。我低头看着她们褐色的大眼睛，最后，布里安娜抬起头，回望着我的眼睛，她以天使般的纯真微微笑了一下，说："我今天8岁了。"

这是一个完美的开端。"哇！"我说，"在这个特殊的日子你能来到我的牧场，我真是万分荣幸，你以前骑过马吗？"

布里安娜庄重地摇了摇头。

希瑟这时几乎完全躲在了她母亲的身后，表情严肃地点头称是，但她还是不敢抬头看我的眼睛。

我柔声问道："你以前骑过马吗？"

戴安马上转过头来看着希瑟，用一种不好意思的声音问道："亲爱的，告诉大家实话，你以前从来没有骑过马。"

最后，她妈妈的胳膊肘轻轻地碰了碰她，希瑟抬起头，看着我的眼睛，她鼓起了全身的勇气说道："我每天晚上都骑马，"话才说到半截，她的眼睛又投向了地面，"在我的梦中骑马。"

我的宝贝儿，我真想说出来。我的眼睛热泪盈眶："希瑟，你知道吗，有的时候梦想会变成现实？"我用轻柔的声音说道，"我有很多匹马，他们将非常乐意得到这个机会，让你的梦想变成现实。来吧，我们去看看他们。"我一边说，一边把手伸给她。她看了看她妈妈，又回头看了看我，很明显，她是在征求她妈妈的许可。慢慢地，她的目光再次停留在我伸出的手上，她研究了好一会儿，才非常慎重地、慢慢地把她的小手放在了我的手上。

骑过我们的两匹最温顺的马之后，希望之光开始一点一点地在她们内心升起。她们心中有了希望和新的自由，就可以像普普通通的孩子一样玩耍、嬉戏。我们开始给马洗澡，但随着一声真诚的"哎呀，我不是有意往你的身上喷水的"，立刻爆发成一场水的大战，我们一边尖声叫着，一边在水的喷射中相互拍水打闹，大家都笑得翻滚在草地上。

那一天就像一条梦中之河，在金色的8月的天空下，舒服、慵懒，欢快地流淌着。我们骑在马上，每走过一个弯道，每绕过一条小路，女孩们的嘴就会一点一点地张大，慢慢地露出了牙齿，渐渐地，这种微笑转化成一片笑声，格格格地响起来。恐惧，笼罩着她们整个生命的恐惧，像暗中窥探着她们的食肉动物，在这个地方，却再也控制不了她们了，这些动物被痛打了一顿以后，现在一瘸一拐地走开了。

幸福的时光总是过得太快了，戴安说她们该回去了。但首先我假装出好奇的表情，领着她们朝一个白色的大鼓包走去，这是我在今天早些时候特意放在野餐桌上的。女孩们把褶皱的桌布掀开，然后诧异地站在那里，神情里带有某种羞怯的感觉。桌布下面全是一些必要的祝福生日的东西，是专为今天准备的——生日蛋糕、茶杯、盘子和刀叉……还有一大袋的胡萝卜！

大家一起分享了蛋糕，大口大口地吃了起来，布里安娜拿着胡萝卜连蹦带跳地跑开了,她要与刚刚找到的四条腿的朋友们一起庆祝生日。在暖意融融的夏日傍晚,影子越来越长,终于,可爱的一家人必须和我们说再见了。

我不知道他们是否得到了足够多的快乐?为了提供给这个家庭所需要的一切我是否已经竭尽了全力?这么多年以来,她们一直笼罩在恐惧的阴影下,过着战战兢兢的生活,就这一天真的会有什么作用吗?我满脑子都是这些想法,目送着她们的车进入车道,穿过牧场的大门。

像所有的 8 岁的天真无邪的小女孩一样,我们的小寿星在她的座位上转过身,看着我。使我感到极度兴奋的是,她把小手举得老高,正透过车窗向我挥手。这是我始料未及的,我连忙轻轻地向她招手,微笑致意。感谢上帝,这是一个良好的开端。

愿望树不复存在了,在大火中烧掉了,但是它给孩子们带来的保护,它在孩子心中孕育的希望却将依然存在,而且这希望之火会越烧越旺。希望是摧毁不掉的。它召唤着我们有所作为,它低声轻唤着我们的名字,它让我们坚信,有些时候,愿望是可以变成现实的。

戴安后来告诉我,与我们一起度过的那一天是她们生活中的一个转折点。从这一天,希望开始生根、发芽、成长;从这一天,束缚她们太久的恐惧终于受到了致命的一击。从那以后,她们的友谊开始在我的内心生根壮大,我喜欢那两个小姑娘口无遮拦的小傻样,我视如己出,对她们疼爱有加,她们就像一块块砖头,成为水晶峰这个大厦坚实的基础。

我认为在 8 月的第一天，我把礼物送给了她们，但实际上，靠上帝的慈悲，她们也是上帝送给我的礼物。

读者尽可以放心，我们讲的这个故事不会让戴安和她女儿们的命运处于危险的境地，因为戴安的前夫最近死于一次交通事故。

维生素 M

Vitamin M

尽管她的名字叫海丽·布莱特，我总是把她叫做聪明的海丽，她一笑起来，嘴角就会呈现出 U 型马蹄铁的形状，展现出任何一颗心灵所渴望的一切快乐。如果阳光会跳来蹦去的话，那么海丽就是阳光。当在牧场里搜寻她最喜欢的马的时候，她的金发像金色的光柱在她的身后跳来跳去。穿着她那标志性的如同奶牛斑点的裤子和旧式的农夫帽，她伸出手臂紧紧地与我相拥，随后就跳着跑开了。

但在离开我之前，海丽完成了一个甜美的、永恒的仪式，像初升的太阳一样值得信赖、温暖人心。她深深地鞠了一躬，一边格格格地笑，一边摘下她那顶褪色的小帽，里面呈现给我她藏在里面的一个礼物。

现在，海丽对我已经非常了解了，她知道我是多么喜欢卡片、鲜花和图画这些玩意。但她对这些都不感兴趣，而是直接带给我真正需要的东西，就像是一个中世纪弄臣的嘲讽剧，她一如既往地从帽子里面拿出一个 1 磅重的小袋维生素"M"。

我的那些富有洞察力的工作人员的听力比音叉还要

感觉敏锐，她们觉察到了塑料发出的那种沙沙的声音，马上聚拢到了我们的周围，在那一时刻，他们就像海潮一样涌来。疯狂的进食开始了，又以打喷嚏般的速度结束了。我一个人站在那，手里面只拿着一个空空的塑料袋。

　　我满足地看着渐渐散去的人群，微笑地看着海丽，她耸了耸小肩膀，似乎在说"下次好运"，我朝她挤了挤眼睛，又把目光收回来，看着手中被撕坏的塑料袋。每次有这样的事情发生，我都会这样安慰自己："我将是一个什么样的领导……如果我不和大家分享 M&Ms 巧克力豆？"

选择

Chosen One

不论是谁,只要看一眼玛希,保准会紧张地咽下口水,强烈地抑制住自己的感情。自从那次事故,她的身体遭受了严重的创伤,我还是第一次看到这个 9 岁的小精灵。她的脸部和头部受到了致命的伤害,一共缝了 128 针,才保住了生命。她小小的头盖骨严重骨折,遭受的挤压力如此强大,以至于她的颅侧板不得不后移了一些。

现在是两周后的一天,1 月份的一个雪天,玛希站在我的厨房里,她蓝色的眼睛很明亮,对于身上包裹着的可怕的伤口,好像全然没有察觉。她抬头微笑地看着我,小手擎起那个价值连城的礼物——她骑马用的头盔。

当她小心翼翼地把那个完全毁坏的头盔得意洋洋地放到我颤抖的双手上的时候,我整个身体都在战栗。它挽救了她的生命,这个头盔。它尽到了应尽的责任,在她身体下落的时候,起到了缓冲的作用。现在,这个孩子活生生地站在我的面前,把这个最珍贵的礼物给我。在内心深处,我祈祷着,感谢你——耶稣,发自我的内心,就用那些骑马头盔,你无时无刻不保护着那些温顺的人,不论他们是年轻的还是上了年纪的。

就在两个星期以前,玛希和妈妈做好约定,从 25 英里远的地方到一个牧场去,看看那匹她们有意要购买的马。我当时不在,牧场里的其他领导人员也刚好不在,所以母女俩独自出发,试骑那匹马。

她们对马进行刷洗,并套上了马具,玛希令所有在场的成年人赞叹不已,就因为没戴头盔,她委婉地拒绝上马。"在'我'的牧场里,"她说,"我们学到的是,马鞍放到马背上,头盔就得戴到孩子的头上。我们还学到,在没有做好措施保护好你的头之前,永远不要把你的脚放在马镫上。我很抱歉,但是没有戴头盔,我是不会骑这匹马的。"

玛希的妈妈后来跟我讲,她女儿依照其在水晶峰牧场P学到的规范操作,坚持戴头盔,她是多么地以女儿为自豪。马的主人从库房里拿出一顶头盔,经过细微的调整之后,头盔就严严实实地戴到了玛希的头上,大家帮助玛希骑到了马鞍上。

有将近 1 个小时的时间,孩子骑在马背上,就像一首格律优美、抑扬顿挫的诗,马与人达到了一种近乎完美的和谐。但是时间过得太快了,她们该走了。这时,玛希的妈妈朝她喊道:"亲爱的,你今天看上去太漂亮了,为什么不骑着马朝我们再慢跑过来一次?"

在这最后的一个动作中,这匹栗色母马步态优雅地跑过来,但是,出乎大家的意料之外,这匹马好像受惊了一样,突然盲目地飞奔起来,完全失去了控制。年轻的母亲和马主人疯狂地挥舞着胳膊，试图在马嘶叫着奔过来的时候，形成一个人障。玛希用尽了所有的力气和能力，还是没能让这匹受惊的马停下来。两个成年人也无能为力。为了防止马蹄子从他们身上践踏过去，他们不得不闪到了一边。

这匹栗色马以风驰电掣的速度从他们身旁飞奔而过，母亲和马主人很快站稳了脚跟，却只能呆呆地站在那，眼看着玛希和马从他们的视线里消失。

玛希知道前面不远的地方是一个大交叉路口，车辆非常多。她最近刚刚看过的一部电影《马语者》中血淋林的镜头占据了她的大脑。她知道现在必须采取行动。像一个士兵一样，她下定决心，这个 9 岁的孩子有意地放下马镫，为紧急下马做准备。

谁也不知道接下来发生的事情。玛希只记得不知从什么地方窜出一辆车，马就狂乱地飞奔到了一边。玛希是头朝下摔到人行道上的，缠绕在马腿之中，不知怎么，又从人行道上滚落在阴沟里。

现在，事件发生的两个星期以后，我手捧着这个礼物，看着它，泪水不禁夺眶而出，眼前一片模糊。头盔毁坏得已经面目全非，用于保护头前部的聚苯乙烯泡沫塑料已经完全开裂了。我能够清晰地辨认出来头盔的后部，就是玛希的小脑袋被猛烈弹回又遭挤压的那个地方。有的头盔碎片里还深深地嵌着石头和煤灰，到处都是血迹。我轻轻地抱着她的头，试图想象造成这种伤害的力量，使我的心里异常难受，不禁要呕吐出来。我再次感谢上帝，把这个珍贵的礼物给我，我指的是这个孩子，站在我面前的这个孩子。

一个星期以前，我们接到了一个电话，是心情烦乱的马主人打来的，他们拥有两匹驮马，用船运到了一个"受人尊敬的驯马者"那里接受训练，开始上马鞍。6个月以后，在一月份的寒冷的一天，这两匹马——一个6岁大，另一个两岁大——最终送还给了马主人。

充满欣喜的期待很快就烟消云散了。主人们看着他们曾经温顺的骏马从拖车里后退到刚刚下过雪的地面时，简直不敢相信自己的眼睛。站在他们面前的浑身战栗的两匹巨大的、年轻的马，全身被打得遍体鳞伤，连碰一下都不可能了。

他们在电话里是这样说的："要是你能治好他们，他们就归你了。"

"怎么可能是这样的？"当我第一次去看马的时候，我喘息着喃喃说道。我静静地走进他们圆形的围栏，小心谨慎地接近保尼，两匹马中较大较老的一个。当我轻轻地抬起我的手臂的时候，就能够感觉到他眼睛里升起的惊恐。"嘿，大男孩，"我柔声说道，他却闭着眼睛，头一扭，看都不看我一眼。他全身颤抖，脸痛苦地扭曲着，慢慢地，我用中指的指尖轻轻地触摸他，可我看到的却是因恐惧而引起的浑身战栗。这匹巨大的马浑身瘫软，臀部着地，几乎是坐在了地上。当面临死亡的威胁时，这是他的一种温顺、驯服的反应。他巨大的身躯抖动着，就像是处于剧烈的地震中。他的头离我远远的，他的眼睛快速地眨了两下，又赶紧死死地闭上了。很明显，他正在期待着向他脸部挥舞的雨点般的狂打。他以为我要杀了他。

第二天，我们就把这两匹受到严重外伤的马带到了我们的牧场。

经过一周的救治，我现在可以站在他面前，把手举过头顶，并轻轻地抚摸他们的头、颈和身体，而不会招致过度的反应。尽管他们依然小心翼翼，但他们正在努力地试图再相信人类一次。

我把玛希的小手放在我的手里，沿着下满雪的山往下走着，一路上我介绍着这两匹马的背景，朝着为新到来的马安排的隔离养马场走去。

两匹大马安静地把头转过来面对我们，他们两个并肩站着，像两个大柱子，审视着我们的一举一动。我把门关上，玛希从我身边走出几步，向这两匹高大的马走去。我站在原地一动不动，观察着眼前发生的一切。玛希又随意地挪了一步。我注意到，对于保尼——这个受伤较严重的马来说，他没有往后退缩，这还是第一次。他不但没有后退到一个安全的距离之外，反而还拱起硕大的颈项，以便更清楚地观看这个小朋友。除了我之外，她是第一个不让马转身离去的人，她是第一个讨马喜爱的人。对于保尼来说，这是一个巨大的突破。

其他的孩子们也到了,而且迫不及待地要看看我们马群中的最新成员。我把这两个"大男孩"带到跑马场,这样大家都可以尽情地为之惊叹不已了。当马飞奔而过的时候,我们都可以感觉到地面的颤动。他们简直是精彩绝伦!他们腾跃、嘶叫、游戏着,沿着跑马场一圈接一圈欢快地跑着,直到精疲力竭地四脚交叉倒在了刚刚翻松的沙地上,尽情地滚动起来。然后,这两匹骏马侧身一跃而起,猛烈地抖动身体,只见沙子从冒着热气的身体上滑落在地上。两匹马大声地喘着气,满意地鸣叫着。现在他们已经准备好回到自己的养马场了。

孩子们在我的身边欢呼雀跃着,希望可以帮忙把两匹马牵走。一个孩子伸出手,够到了我的手,我俯身一看,是玛希的笑脸,战战兢兢地望着我。"我可以帮上你的忙吗?"她问,鼓起了所有的勇气。

"当然!"我不假思索地回答道,试图掩饰这是一个多么重要的时刻。

这是一幅怎样的场面啊!我的左手牵着缰绳的末端,右手紧紧地抓住玛希的左手,她的右手牵着似乎有半英里长的缰绳,把这匹安静的马牵回到畜栏里。

我把门打开,使我感到惊讶的是,玛希一个人牵着他走了进去!她没有回头要求我的帮助,而是一个人把他领到畜栏的中央,踮起脚,为马解马笼头。我想要告诉她小心,但又把话咽了回去,我站在那里,屏住了呼吸,心脏似乎也停止了跳动,这匹遭受严重虐待的马似乎很信任面前的这个小女孩。

这是一匹高大的马,玛希又长得很娇小,女孩一次又一次地努力,试图够着马笼头上的扣环。我静静地观察着。这时,慢慢地,就像正在下落的太阳一般温和、庄严,保尼缓缓地朝地面的方向弯下脖子,放低他那硕大的头,伸到了小姑娘的臂弯里。

玛希并没有意识到此举的重要性,以及他向自己传递了怎样的一个信息。她卸下马笼头,朝着我的方向走来,对于自己独立完成的这件事情,自豪感油然而生。此时,我们安静的骏马却转过身来,紧跟着小姑娘走了过来!激动的话语堵塞了我的喉咙,过了好一会儿,打结的舌头才放松了。"玛希,停一下!"我脱口而出,"保尼跟在你的身后呢!"

当硕大的马头出现在她的身旁时,她浑身像僵硬了一般,一动不动。而此时,他巨大的鼻孔宛如蝴蝶一般的温柔,正轻轻地嗅着她的脸和额头。他轻轻地试探着她的伤口——每一个针眼,每一块擦伤。他了解一切。在来过畜栏所有的孩子当中,她是惟一的一个不令他畏缩的孩子。他单独挑选这个孩子,相信她。他好像理解这个孩子所遭受的痛苦,就像他自己曾经经受过的一样。

她还是一动不动,眼睛径直滚动向上,和我的目光相互接触。像木头的兵马俑,她僵硬地站在那里。我可以看出来,她害怕了。她整个的身躯和巨大的马头差不多大小。然后,保尼好像很满意的样子,把他的嘴唇放到了她的肩膀上。眼前的情景让我激动不已,我站在那儿,静静地,手捂着嘴,过了良久,终于,我的喉咙放松了,声音才发了出来。

"没什么,"我说,"他正在向你示爱,你是他挑选出来的值得信任的人。在前来探望他的所有人当中,你是他选出来的人。他一定认为你很特殊。"

"真的吗?"她好奇地睁大双眼。

"你是他挑选出来的。"我说,声音有些颤抖。

这时,玛希静静地转过身来,向上滑动手臂,放在了保尼双面鬃毛的下面。这个孩子正在尽自己最大的努力,试图拥抱他高耸的颈项。作为回应,他在她身边弯下头,给了她一个马式的拥抱。现在我能看到的一切,就是她纤细的双腿缩拢在他的四条腿中间。我的眼睛低垂下来,看到他四只硕大的打了马掌的蹄子就像保护神一样,环绕在玛希那双穿旧的小靴子周围。一匹巨大的、饱经忧患的马保护着一个娇小的、极度悲伤的小姑娘。

冬日的午后阳光渐弱,即便如此,孩子和马就像冗长的暴风雨过后升起的太阳投射出来的第一道灿烂的光线。不知怎的,在他们自己生活的暴风骤雨中,他们找到了对方,相互安慰。他们相互拥抱的场面在我内心刻上了一个永久的印记。泪水顺着我的脸颊滑落下来,滴在我的羊毛领口上。

玛希抱着马头,身体扭曲得使劲后仰,她转动头部看着我。她精灵一般的面庞隐藏在冬衣的高领里。她紧紧地搂着他,若有所思地问道:"你真认为我是那个能帮助他尽快康复的人吗?"我微笑着果断地点了一下头。她思考了一会儿,然后以一个 9 岁小孩的局促不安的口吻问道:"当我再到牧场的时候,你认为我能假装把他当做我的马吗?"

"我想,"我柔声说道,"他已经选中了你,做他特别的女孩儿,我认为,如果你同样把他当做你的选择,他会再高兴不过的。"

在逐渐消退的紫罗兰般的太阳光中,两颗破碎的心结合起来,孕育了一个可以使心灵康复的火种,他们从心里往外散发着光芒,温暖着对方。他们相互适合,就像一座分成了两半的桥梁,又重新组合到了一起,他们拥有着共同的恐惧、痛苦和希望。一匹几乎丧命在人类手里的马,一个险些被马毁掉的小孩,他们理解对方,任何人对他们的理解都赶不上他们相互之间的理解, 对于两者中的任何一个,他们都成了对方选择的对象。

挣脱锁链

Unchained

　　我注视着连绵起伏的白色山峰,在天蓝色天空的映衬下,简直美丽极了,我陶醉在这片美景中。只需要看它们一眼,瀑布山就总会让我觉得自己更坚强了。我深深地吸了一口气,这种高地沙漠所特有的甜美的芬芳令我心旷神怡。

　　我的注意力转移到他们来到牧场的那一天,他们的校车拐进我们长长的车道,然后吱吱嘎嘎地上山,向我们的牧场驶来。司机紧急刹车,汽车好像长长地出了一口气,这时孩子们兴高采烈地跳下车。我仔细地观察他们的脸,留意着那些需要帮助的人,寻找他们身上任何的蛛丝马迹。孩子们走进牧场,他们周围立刻响起了饶有兴致的交谈声。在对他们表示欢迎之前,我快速地扫视车内,想确认一下车里还有没有人,但使我感到惊讶的是,车里还有人。

　　两个男孩还呆在车的尾部,在座位上坐着,懒散地互相推搡着,希望对方先走。"哦,他们俩是查德和梅森。"一个消息灵通者转动着双眼向我透露道。

　　他们磨磨蹭蹭地下了车,一副不紧不慢的样子,但他们不是不清楚我正在等着他们。当他们最终出现的时候，眼前的景象却让我伤心不已，查德等着梅森走下车，用肩膀在他旁边开道。是为了壮胆吗？他们肩并肩地站在一起，手臂在胸前交叉，这种姿势似乎在表明，他们想联合起来向我公然示威。

他们的样子非常懒散，好像身体里没有骨头，他们俩上下打量着我，相互窃笑着，而且还故意让我听到。两个人从头到脚穿着宽松的衣服，上下一身黑。脖子和手腕上戴着链子，很粗，像是拴狗用的。查德把手指甲涂成黑色，好像是用一种永不褪色的黑色马克笔染的。梅森的头发是自我作弄的产物，本来好好的一头黑发，硬要染成褐色，不同的色调和色泽，沿着面颊径直垂下来，好像有意要遮挡眼睛，似乎想在外部世界和他自己之间形成一个象征性的屏障。

来的年轻人都是这个激励项目的参与者，该项目由一个特殊的团体管理，旨在帮助那些在学校和生活中遭受失败的人。这些孩子们如果没有得到该机构的干预，可能永远不会取得任何的成功。这个机构的作用不言而喻，如果没有来自该机构的帮助，用不着人们等太久，很多孩子的发展都会落后于其他的孩子。

在很大程度上，他们是一群快乐的孩子，他们穿过牧场的公共区域，逐渐地蔓延开来，高声向我问候，笨拙地同我握手，可只有查德和梅森两人除外。他们朝我努起尖尖的下巴，似乎在用一种无声的语言，对我喊道："你控制不了我！"他们光滑而年轻的肌肤上，刚刚萌生出桃色绒毛，显得稚气未脱，但传达给这个世界的信息却是清晰可见的："我不需要你的或任何其他人的帮助！让开点，别挡着我！"

但是我却看到了其中的玄机。当两个孩子表现出那种不可救药的安全感的缺失的时候，他们是在害怕再次遭到拒绝。对于任何一个想帮助他们的人，他们首先的反应就是把那些人推开——如果他们能够先拒绝别人，就不会给别人拒绝自己的机会，永远不会有。他们的衣着、姿势和态度都在昭示着这一想法，就像高声尖叫出来一样。就像一只恶狗，隐秘地摆动着尾巴，他们咆哮着："一边儿去！别理我！"但是耳音好的人是能够听出其中的弦外之音的，他们好像是在用一种我们听不到的声音哀诉着："请离开我吧，我不想再受到伤害了。"

两个男孩不耐烦地叹着气，用鄙视的眼神一起嘲笑着我。梅森放松了手臂，挑战般地把手插在宽松的衣兜里，似乎在说："你管不着我！"然后，他的目光与我的眼睛对视，这还是第一次，他奚落地说道："这些马挺令人愉悦的嘛！"

这是对我的权威的直接的挑战，他倒不如推搡着我的前胸，对我说："你想怎么样，女士?！"他正在测定他的安全范围，我想，他试图推开我，他想要检测我们两人的权力水平，看看究竟谁是老板。

上帝啊，我现在需要你的帮助！我祈祷着。智慧是一种与我失之交臂的东西，但我确信，到目前为止，仁慈的上帝已经习惯了我的 SOS 求救，这个紧急求救信号直接传到了天上。

早在两个星期之前，牧场里迎来了一匹新的母马，在23 岁高龄的情况下，她仍然处于所谓的繁殖计划的项目中，但是她过低的体重，加之她遭受的更低标准的照料，要想完成整个的怀孕过程似乎都是一件可望而不可即的事情。

在一个漆黑的、寒冷的、寂静的早晨，她早产了。没有人知道这件事，也没有人在意。她只有独自一人暗自神伤，哀叹她那还没有出生就死于腹中的小马，除了头顶天幕中的繁星点点，没有任何东西来抚慰她受伤的心灵。她的失子之痛把她完全击垮了，但雪上加霜的是，因为空间狭小，她不得不在那匹幼小的、已经死亡的小马驹的身上踩来踏去，过了大约两个月的时光，小尸体腐烂的气味才唤起了某些人的注意，强行把它拖走了。

现在她安全了——可是身体却糟透了。

我回头望着那两个年轻的挑战者，直视他们的眼睛。"我需要你们的帮助，"我简短地说。然后我开始给他们讲伊劳拉，我们那匹饱受忧患的母马的故事。起初，这两个男孩似乎对此无动于衷，但是突然，这匹马和两个孩子之间的相似之处跃然闪现在我的脑海里。我决定继续讲下去，告诉两个孩子关于……他们自己的一些事情。

"那些人本应呵护她、照料她，可却把她弃置一边不予理睬，"我慢条斯理、意味深长地说，"她对人们的信任感已经坍塌了，她正试图独自承担所有的伤痛，所有她了解的伤痛。她的内心极度地破碎不堪，对于其他的马匹，她都想尽办法逃离。"我停了一下，观察着我的这两个难以对付的强敌，然后接着讲道，"她认为自己在这个世界上孤立无助，可她不能理解的是，监狱的大门已经敞开，她尚不能意识到，许多人愿意用他们的爱，来唤回她重新活下去的勇气。她所需要的就是有人帮助她突出重围，回到生活的正轨。"

在他们脚底下的某个地方，那些矜持的、冰冷的、愠怒的态度正在融化，渐渐汇流成了一个水池。瞬间的内省展现了两个小男孩破碎的内心，曾经向上翘起的下巴现在却耷拉在塌陷的胸膛前。他们互相逃避着对方，试图掩饰他们忧郁的双眼，我能够看出他们的眼睛里正闪动着泪珠。

"她需要的并不多——只是再次感到被爱，你们能帮忙让她拥有这样的感觉吗？"我小心翼翼地问道。他们双眼还在凝视远方，却不约而同地点了点头。

我的要求非常简单——对于我们解救的每一匹来说，这是基本康复计划的一部分。我们一起准备了一个喂食盘，我要求查德和梅森所做的一切就是在马吃食的时候，一边同她讲话，一边轻轻地抚摸她。当我把她从谷仓后面牵出来的时候，他们正坐在野餐桌的上方，早已等候在那里了。他们看上去十分局促不安，仿佛坐在他们自己创造的沮丧之池里。他们宽松的衣着不像开始看起来那么扎眼了,更多地像一个藏身之所,一个伪装好的避难地,可以让他们畏缩退避的地方。微风轻轻在头顶的松树枝条间穿梭,发出嗖嗖的声音,恰好和戴在身上的宽大链子的丁当作响形成鲜明的对照。他们浓重的黑色组合与脚下绿草如茵的草坪格格不入,和头顶连绵起伏的云团极不合拍,同周围绚烂的、微笑的鲜花很不协调。

当他们第一次把目光投射到她身上的时候,他们瞪大了双眼,柔柔地看着她。伊劳拉是一匹不大的马,加上她神情的沮丧,使她的身形显得愈发地娇小。她走起路来,头部和双眼低垂向下,俨然一幅悲伤的画面。因为右前腿的跛行,她举步维艰。不知道先前受过什么伤,右膝盖现在肿胀得很厉害,是正常大小的将近两倍大,而且这种肿胀是永久性的,难以治愈的。她静静地吃着放在他们膝上的饲料,两个男孩一动不动,话也没有说一句。我悄无声息地缠绕起伊劳拉的缰绳,放在他们身旁的桌子上,轻柔地笑了笑,逐渐退出了他们的世界。

45分钟以后,牧场上生机勃勃,到处都是领马员、孩子们和马匹。灰尘像巨大的光环,在跑马场上袅袅上升。像这样的日子,尽管我们要做大量的工作,但其中的乐趣远远超过了工作的劳累。

我开始顺原路返回到两个男孩那里,查德去参加别的活动了,透过升起的尘土,我能够看到曾经是一头黑发的梅森正单独和马呆在一起。我停下了脚步观察。她的下颌枕着梅森的大腿,而梅森正温柔地捧起她匀称的双颊,他的双唇在动,脸离她的脸非常近。我观察着他,一次又一次地重复着这个爱的循环动作——把前额轻柔地靠在伊劳拉的前额上,轻声低语一会儿,又把头向后拉,亲吻他的脸颊。

伊劳拉的眼睛几乎是闭合的。从我站立的位置上,我观察着,两颗心正朝着新发现的希望之光艰难地行进。在我的内心深处,我听到锁链坠地的声音,囚犯们已经大获全释了。我静静地呆立了良久,才擦干双眼,走向他们。

梅森转过头来看着我,他的目光温暖而柔和,脸颊贴在伊劳拉紧闭的双眼之间,他微笑着。我的心融化了,我用手捂住嘴,多亏了太阳镜才没有让他看到我的眼泪,但我确信他知道我哭了。

我爬到桌子上,坐在他们俩的旁边,把手放在梅森的背上。我稳了稳情绪,终于发出了声音,我柔声说道:"看看你都做了些什么。"

他抬眼看着我,那个难缠的小青年不见了,坐在我面前的是一个年轻的男孩,梳着一头乱蓬蓬的头发,穿着一袭黑衣,倾注着对这匹疏于照料的马无限的爱。"你向他表明了我们怎样打开心灵之门,如何去再度信任别人,"我微笑地对他说,"梅森,你做到了,你成功了。"

希望在大火中升起

亲爱的树节

Fear Knot

　　我不是木匠,但在过去的几年当中,我用锤子钉的钉子少说也有几千个。我全副武装的腰间工具带堪与最专业人士的装备相媲美。由于使用不当而毁坏的得伟钻孔机就有好几个,我都不愿意向大家坦白数量,我敢肯定地说,我花在目测木头长度的时间比在市场采购食品的时间还要多。我渐渐地喜爱上了木材场特有的芬芳,这种气味深深地吸引着我,同时从那些比我更有经验的人那里我还学到了一门艺术,长时间地端详检查每一块木板的艺术。

　　必须把每块木材举起来,既要目看又要用手感知它的干燥度、均衡性和挺直度;然后就要目测它的长度,看看先前的判断是否正确,既不能歪也不能弯。但是在此之前,木板首先要通过视觉上的树节检测。有经验的木匠都知道,树节会降低周围木质的强度。一般来讲,人们认为树节是一种瑕疵。人的本性通常是这样的,一样东西的瑕疵越多,就越应该尽量避免接触它。

在牧场里,我们一直需要足尺的 1×12 的谷仓木板,当然板的长度越长越好,主要用于建造和修理大量的室外建筑。9 月份炎热的一天,我决定去搜寻一些木材,来完成防风罩的上部。

要想找到干净而笔直的 1×12 的木板着实有些难度,因为需求不多,大多数的木材场并没有现货。我从一堆堆各式各样的粗木板中挑来选去,要是能在最上面的一层上找到我所需要的木板,那真是人生的一大乐事,但这一天的搜寻却是徒劳、令人沮丧的。开始的时候,我一边挪动一个 16 英尺长的大木头,一边自忖道,哦,好吧,上帝喜欢变化多端,但如果每样东西都是完美的,这将会是一个多么有趣的世界啊。但整个这堆木头没有一个是符合要求的,每块木材上都长满了树节。

"不完美!不完美!不完美!"我在牛仔裤上蹭着我的脏手,小声抱怨道。根本没有我要找的东西!整个这一堆连一根完美的木材也没有,心中不免有些黯然神伤。我选出了几块节子最少的板子,付了钱,就立刻回到了牧场。

在 7 月份,我们援救了一匹两岁的枣红马,还有他同父异母的兄弟,一匹栗色马。这两匹马在发育方面都有障碍,而且体重极其低下。骨瘦如柴的枣红马曾经感染过慢性腹泻,对于马来说,腹泻是一种致命的疾病,得了这种病,就意味着离死亡不远了。为了努力支撑他虚弱的身体,他的四条腿不得不朝着中央倾斜,样子真叫人怜惜。

但是枣红马并没有死,在 8 个星期的时间里,他的体重增加了近一百磅。我们给他取名拉撒路,因为他最初的状况看上去非常糟糕,但最终却从死神的手中夺回了一条命。

起初,对于人类的抚摸,拉撒路将信将疑——这是一种正常的反应,我们已经了解到,对一匹受尽饥饿折磨的马来说,他把所有的注意力都放到了自己身上(这是一种很普遍的行为),但随着他体力的不断增强,他的那种顽皮个性的表现也日益增多。很快,他就成了牧场里傻乎乎的滑稽小丑。

给拉撒路搔痒总能激起我的一阵大笑,因为他的那些反应我以前从未看到过的。大多数的马在表达喜悦的时候,会把他们的上唇向前努,这是马所特有的一种微笑方式。拉撒路的动作与此恰好相反,他把上唇朝后拉,直到它扁平地贴在牙齿上。如果有谁给她搔痒的话,他就会像兔子一样把扁平的嘴唇从一边扭到另一边。

他如婴儿一般甜美的面孔像磁石一样吸引着孩子们的注意,所以当我带着孩子参观牧场的时候,我总要把他带上。记得有一次,我带着几个女孩子到处看看,在去拜访拉撒路的路上,我给他们讲了有关他的一些事情。牧场里的工作人员和我都逐渐地意识到,如果孩子们了解了这个动物的一些相关的背景知识,或者适当地介绍一下这个动物,会让孩子们更快地与这个动物建立起友好的关系。

拉撒路滑稽可笑的外形确实名不虚传,他逗引着我

们，在我们彻底地给他的全身搔痒之后，他决定继续逗我
们发笑，在防风罩里尽情地滚动。每滚动一次，他都要在墙
上蹭蹭脸，这还不说，他四腿蹬开，伸得直直的，这个动作
让他更加地远离墙壁，然后，我不知道他这样做是为了取
悦自己还是我们，他把墙当做跳板，又弹跳回来了。

我们观看着拉撒路重复了几次这个滑稽的动作，才离
开了他。我们这几个人正朝着畜栏门走去，这时我们听到
他撞墙的砰砰声变得越来越响，我怕他陷在里面站不起
来，就顺原路返回，从防风罩的墙上张望。拉撒路依然躺在
那里，如果他想要站起来，应该是很轻而易举的事情。他转
过头来看着我，头向下垂着。他顽皮的褐色眼睛一闪一闪
的，带着一种令人信服的神情，好像在说："我没有做错什
么事情。"我笑了笑，无可奈何地摇了摇头。

我朝着那群小姑娘一路慢跑，突然，另一个巨大的声
响使我不得不猛然回头。这匹马的前蹄踢到了 1×12 的木
板上，力量非常大，把连接的螺丝都给弄松了。这可不是开
玩笑，我掉头就跑，想帮助他，挪到另外一个地方，以免他
毁坏这么贵重的东西；但是我还没有来得及采取下一步行
动，就见他整个的前腿已经把这个地方踢成了一个洞。

我立刻就了解了整个事件的紧迫性，全身就像遭到了
电击一样，不停地战栗。我脑子里面所能想到的就是这句
话，耶稣啊，请你帮帮我吧！如果说开始的状况有点令人懊
恼的话，现在简直就是威胁到生命了。马是一种一遇到危
险就仓皇逃窜的动物，他们的直觉告诉他们，如果遇到危

险,首要的是逃离,然后才去弄清楚到底发生了什么事。如果拉撒路知道自己的腿被卡住的话,他一定会惊慌失措的,他会使出全身的力气挣脱出来,即便这样做的结果是弄断腿,或者把蹄子拉掉,这样的事情并不是危言耸听,而是屡见不鲜。如果马因此身体受到了损伤,那通常是难以治愈的,一定会要了他们的命的。

我觉得自己正置身于一个慢动作的梦境中,我想要跑,但却怎么也跑不快。那个裂口位于被他弄松的木板和底部的 4×4 的起固定作用的木板之间,在他开始经由狭窄的裂口拉回他的腿之前,我必须赶到他那里。

他的腿消失在裂口处,直到重重的木板在他蹄子的上方又紧紧地闭合起来。我看到他的腿向后拉着,这是一个尝试性的举动,想要看看自己是不是真的被卡住了。刹那间,他的惊慌升腾为一系列近乎疯狂地往回猛拉的动作,骨头都要挣断了。

上帝啊!我的心在呼喊,帮帮我们吧!他的脚就要拉断了!我能听到的一切就是我自己的脉搏,砰砰地锤击着我的耳膜。就像穿过流沙一样,我俯身向前一个健步冲向这匹受困的马。他的恐惧在增加,逐渐爆发成一种近乎疯狂的惊慌。痛苦烧灼着他的腿,可他的腿却被紧紧地绑住,无法逃脱。随着恐惧的继续升腾,他爆发出最后一股力量。在这个最后的赫拉克勒斯式的猛拉中,一切都结束了。随着厚木板的断裂,破碎的木头的碎片朝我的脸上直飞。

我差点儿跌倒在这个防风罩里。"拉撒路!"我呼喊道,伸出双臂去安抚他。他吓得看也不敢看我一眼，我的眼睛顺着他的腿往下看，一直看到他蹄子的地方，太令人感到震惊了，我看到他的蹄子还长在腿上，真是感谢上帝。

在几分钟之内，一个最支持我们工作的、也是我们最亲爱的兽医肖恩就赶到了，他给拉撒路作了检查。使我感到宽慰的是，他说他没有受到什么致命或永久的伤害。马的身上有一处长而深的割伤，但肖恩向我保证，伤口并没有看起来那么糟糕。我把拉撒路婴儿般的脸颊轻轻地贴在我的胸前，抚摸他的额头，肖恩则认真地为他缝针。如果木板在那个时刻没有断裂，情况会是怎样，一想到这些，我就不禁浑身战栗。

当肖恩缝合伤口的时候，我注视着他那娴熟的专业技术的展示，听着他耐心的讲解，他每做一个动作，都会解释给那个着迷的正在旁边观察的小男孩。我感到体内的肾上腺素正在上涌，慰藉充满了我的全身。得知拉撒路没有问题，我悬着的一颗心总算落了下来，长长地出了一口气。

最后，肖恩把缝合好的伤口包扎好，我把拉撒路牵回到畜栏里。上帝，他还是个孩子呀，我想到，看着他那娇小的蹄子，我的脑子立刻停止了转动。那块木板是足尺足寸的 1 英寸厚、12 英寸宽，一匹发育有障碍的小马，刚刚从饥饿的边缘解救出来，怎么能够弄碎那么大一块厚木板？

把拉撒路安置在畜栏以后，我回到了事发现场，想要弄清楚事情的原委。

要找到问题的答案，并不需要花费太多的功夫。我从地上拾起那个碎了一头的木板，突然之间，我深深地感受到了一种奇迹发生的感觉。

环视防风罩中所有的墙面，这里是为数不多的几个有瑕疵的木板当中的一个，在板子上面有巨大的树节。如果没有那个给人带来好运的不完美，我的小马现在可能就会离我而去了。

我的思绪追溯到那一天，在木材场里，因为所有的木板都有瑕疵，我是多么地沮丧。我以世俗的眼光，寻找着完美的东西，认为只有这样的东西，才能最好的为我所用。我们从社会中学到的是，任何不太完美的事物，都应该与不恰当、不渴望、不适用、不吸引人划等号，如果有可能，任何时候我们都要尽量地避免不完美。

但现实教给我们，上帝喜欢并使用那些有瑕疵的、不引人注目的和那些有毛病的东西，甚至是这个世界上明显毫无用处的东西，来完成他最最伟大的作品。

我总是谴责自己的缺点，次数之多如同我曾经用锤子钉过的钉子。人们很容易把注意力集中在我们"不完美"的地方，而全然不去关注他们教给我们的东西。我们的美中不足和不完美激励我们变成一个易适应的、可塑造的、能教导的人。就像木头上的节子，正是这些瑕疵让我们成为具有独特个性的人，它们使我们能屈能伸，甚至有的时候击垮我们，这样我们就能够意识到别人的需要，并且适时地帮助他们。

现在，面对我自己森林里壮观的树木，我也慨叹，但我却能够看到一些别人看不到的东西,如果我真正地用心去倾听,我可以清晰地听到造物主哈哈大笑,并且说道:"看着吧,孩子们,树节也是我创造出来的!"

小事情

Little Things

在水晶峰青年牧场，那些四条腿的成员们工作起来是最卖力的。他们倾其所有，去呵护每一个孩子，为他们受伤的生命搭建了无数个桥梁，而这一点是成年人难以达到的。在他们充满信任的蹄子下面，包围着孩子心灵的毁灭之墙被践踏得粉碎。

马付出的很多，但要求的却甚少。我们总是竭尽全力，为宝马良驹提供最好的胡萝卜。这只是我们应该做的事情，很细微的小事情。

不幸的是，时间的限制通常迫使我们忽略这个简单的生命需求，而更多地关注那些紧急求救电话，去做那些我们必须做的事情。小事情可以带给我们许多的乐趣，有时候做些小事非常必要，但我们却常常忽略。

这是夏日里的一天，眼前出现模模糊糊一片乱蓬蓬的马头，他们露出牙齿，咧着嘴。这个时候我意识到，我们需要更多的胡萝卜。与其说这是一句祈祷，还不如说只是我的一个想法，可上帝一定听到了我说的话。

"我一会儿就回来，"我一边朝着半山腰——我们房子的所在地行进，一边扭过头对我的工作人员大声说道。我回家的目的一是要再取回一些胶卷，另外顺便察看一下电话留言。在夏季，水晶峰青年牧场每天都会接到 40 个或更多的电话。这一天，一个特殊的电话留言引起了我的注意。我回拨了这个号码，经过了一番寒暄，大家愉快地交流了一些信息之后，我拿着一张粗略的地图，下山回到了牧场。

"你们谁要是看到特洛伊开车过来，能不能让他到我这里来一趟？"我问道。不一会儿，特洛伊就把车吱吱嘎嘎地开到了车道上。我走到他那里，手里拿着地图，请求他为我做件事。

"今天，我接到了一个非常甜美的电话，是一个陌生人打来的，他问我们的项目是否需要一些胡萝卜。你说这是不是太好了？"

我不知道下一步会发生什么，我只是想让他相信，这个小礼物令我受宠若惊。我向来电者保证，只要我们有人力和卡车，就会尽快地赶到他那里。尽管路途遥远，特洛伊答应我他马上就去。准备好一大广口瓶的冰茶，他又爬到了车上。我私底下希望这个遥远的行程将会是他一天的轻松结束，而不是在超人的时间表上的另一件必须完成的任务。

傍晚时分，太阳已经滑下了山，渐渐与地平线相连接。当人们投射的影子越来越长的时候，工作人员和我开始了每晚的例行仪式，打扫牧场，给马喂食。

我们的活正干到一半的时候，从山下 400 米的地方，我辨认出我们的卡车正在那里加大引擎的声音。我继续听着，此时特洛伊已经拐了弯，正朝着水晶峰的方向开来。卡车上山时发出的巨大声响，像是在抱怨。这种吃力的声音让我迷惑不解，我翻动着最后一片干草，转过身想弄个究竟，到底为什么发出这种隆隆隆的声音。

眼前的情景令我目瞪口呆，真是不可思议！我们的卡车像一个四轮驱动的亚特拉斯神，因为装载着几乎难以装下的货物颤颤巍巍地向我开来，前胎好像都要离开地面了似的。"哦，天啊！"特洛伊几乎不能把卡车开到大院来，我大声地笑，他也正在大声地笑。

今天早些时候打电话来的斯图尔特，我们的新朋友，认识一位专门种植留种胡萝卜的农民。很显然，这只是他剩余胡萝卜的一部分。

牧场里的工作人员和我组成了一个临时卸货队，特洛伊从卡车上扔下 45 磅重的黄麻袋。我们把袋子堆在谷仓里，不一会儿，就堆成了一座小山，足足能塞满一个畜栏。把全部重量加起来，竟然达到了 2 500 磅。

活终于干完了，我们后退几步，目瞪口呆地看着我们刚刚耸立起来的"纪念碑"，仍然将信将疑，我们所能做的就是站在那里傻笑。

我给大家讲了我之前的想法，我们需要更多的胡萝卜，尽管我当时既没有大声地向上帝说，也没有跟他们讲，因为这实在是一件小事情。

这时，我的大脑像是撞到了一个重达 1 吨的胡萝卜墙一样,一个质朴的想法油然而生。在我们自己尚不了解之前,如果上帝能够清楚我们的所求所需,这将是一件多么美好的事情。在我们祈祷之前,他已经兑现了我们的祈祷。他关心重大事件……小事情也不放过。

穿越大火

Run Through Fire

在我们的耐力赛马季节开始之前,这是最后的一次骑马训练。落日的余晖迟迟不愿散去,在尘土飞扬的公路上,莎拉和我肩并肩地坐在慢跑的马背上,伴随着打鼓一般熟悉而有节奏的马蹄声,我们的身体有规律地上下起伏着。

尽管只有14岁,莎拉已经成了我亲爱的朋友和忠实的骑马伙伴。在经历了一系列毁灭性的事件之后,她的生活与我的生活业已深深地缠绕在了一起。她的成熟度远在她幼小的年龄之上。对一些人来讲,她可能还是个孩子,一个又瘦又高的无家可归者,一个羞怯的灵魂,只见其人难闻其声。可对我来说,她已经慢慢地发展成了我的一个交情最深、最推心置腹的朋友了。基于我们彼此的心照不宣和默契,她逐渐地变成了一个充满自信的人,成为建造农场的一股巨大力量。同时,对于我来说,她代表了耶稣的象征性的爱。她理解我的内心,我的爱的渴望,以及对于那些惨遭蹂躏者和生活的失意者,对于那些经历了生活艰辛而险遭毁灭的人的炽热的爱。

莎拉总是认为心与心的沟通非常有难度,但她通过无休止的行动默默地、有力地奉献着自己。对于马共同的爱让我们俩的内心拉得更近了。那天,我和莎拉一起骑马,在我的身边,她骑在马上飞奔着,独特的马尾辫随着年轻的马的马蹄有节奏地飘起落下,当时我想,世界上没有什么东西能够比这更令我的心备感欣慰了。

在泛着灰尘的光芒中,莎拉扫视了我一眼,露齿笑了一下。这就是生活。真正的快乐是遏制不住的。在马就要奔驰起来的时候,我放下拴在马脖子上的缰绳,把手伸向天空,一边呼喊一边大笑。莎拉毫不迟疑地跟着我一起做。在我们身后的某个地方,天使可能正在健步追赶着我们,看着这两个人的侧面轮廓,她们正朝着橘红色的天空飞奔而去,在升腾起来的浓厚的尘埃中可能很难辨清这两个人的形状,但能够看出来她们是那么的快乐,连天使都忍不住格格格地笑着。懒洋洋的尘土在空中逗留了一段时间,就又回到了命中注定的大地的怀抱,快乐的欢呼声和笑声在远处都可以听得到。在临入睡前,晚上的微风把快乐传到了四面八方,使人们感受到生活是多么地美好。

就是在这样一个动人的时刻,我看到了第一道光芒,她来自于莎拉那颗禁锢太久的心灵第一次情感的宣泄。

我们的马渐渐平静下来,肩并肩地散着步,我向莎拉发誓,在真正的比赛中我们也会做到这些。无论在这次经历中我们会遇到什么始料未及的事情,我们都将并肩作战……我们将竭尽所能,不管结果怎样……始终肩并肩地站在一起。

　　我的话引发了莎拉许久的思索，最后她向远方望去。她的情绪上下翻滚，波动很大，但外表看起来就像一条流穿在巨大岩石洞穴中的地下河，非常凝重而冷静。她时常陷入沉思，把自己封闭起来。她忧郁的目光表明她的内心正承受着猛烈的冲突，她心里想着什么，我了如指掌，她想要表达的一切就是要挣脱出水面，竭力争取一种自由，看着她，我的内心一阵痛苦。

　　过了很长时间，她才把目光收回来。从她的神情我可以断定，她想要表达的内容非常重要，已经使她内心的闸门彻底坍塌。于是，如同一条赋予生命的小溪，慢慢地渗入高山草地的地表，她的话语如流水般一泻千里。

　　"你知道真正伟大的是什么吗？"她的目光凝视着地面，使她的声音小得几乎都听不到，"当我们穿越终点线时……你能不能……拉着我的手？"接着是一阵沉寂。她眼睛依然看着地面，长长的眼睫毛遮住了她绿色而柔和的眼睛，像是对自己轻声低语，她补充道："那……将会是最好的！"

　　我伸出手，穿越黑暗的遮护，把我和她连接起来，让我们之间一点距离都没有。她也伸出手，用她纤细的手指穿过我的手指，我们俩的手交织在一起。她那蒙娜丽莎式的微笑足以令岩石变成碎块！事实上，我确信这是真的。就像天使的翅膀扇动带来的一股风，在我们眼前的路上卷起了一地尘土。我们就这样肩并着肩、手拉着手继续向前骑着马，而我的心却抓住那阵风，随它一起穿越到美丽斑斓的天空中。

3天后,也是耐力赛马的前一天。我们小心翼翼地用拖车拉来所需要的东西,5匹马,5名骑手,还有似乎足以装备一支军队的设备。200匹马和所有必要的装备组成了一片海洋,我们从中间慢慢地穿越。如果我坦言这个场面有点令我们胆怯,这一点都不过分,因为这不仅仅是我们参加的最大的一次比赛,而且我的那个年轻朋友的父母都来了。他们将第一次目睹他们女儿的比赛。

莎拉的父母勤劳、质朴,他们牺牲了个人的时间,把他们的旧大众货车装饰一新,来到了比赛现场。我们把营地扎在了山脉下面的一个丘陵地带,它绵延长达6 000英尺,尽管白天很暖和,一旦太阳降到了地平线以下,气温就会骤然下降,毫无怜悯之心,一直降到十几度。我知道莎拉既担心她父母是否舒适,而且她的马表现如何也让她忧心忡忡,可最令她焦虑的是,父母对她到目前为止所取得的一切成绩是否表示认同,他们会不会高兴?她从来没有把自己的焦虑用语言表达出来,然而,这一切都写在了她的脸上。

我们匆忙地支好帐篷,就转入到了一种节奏轻松的工作上,刷洗我们赛队里四条腿的队员。对于这个过程,我们非常自豪,因为我们知道,只有一匹马除外,其他的马都是我们解救出来的,我们购买这些马不是因为他们完美绝伦,而是因为他们需要我们的照顾。其中两匹马差点死于饥饿,还有一匹马遭到了先前主人的残忍暴打,甚至到了需要兽医缝合她无辜的脸的地步。现在,在她的两眼之间,6英寸长的一个斜伤疤就是那次邪恶袭击的最好见证。第四匹马的状况原来也非常糟糕,我们不得不在一个恐怖的、咆哮的暴风雪的夜晚,穿过荒山上的一个通道,把他送到我们的兽医那里。当我们亲爱的朋友兽医科特对他进行处置的时候,似乎也在静静地等待着他的死亡的到来。

经年的虐待令其中两匹马的外表严重毁容,一匹马的肩部上有一个长达10英寸的锯齿状的伤疤,另一匹母马右前肱骨,或叫胫骨上留有一个9英寸长的裂口,弯弯曲曲一直通到下面,最后在马蹄上部的蹄冠处形成了一个鸡蛋大小的肉块突起。另外的两匹马都曾经遭受令人难以置信的疏忽照料,其中一匹马,在她长身体的时候没有得到充足的营养,现在形成了一个虽说很轻微却是永久性的膝关节变形。

这就是我们参加比赛的队伍。

我们之所以以修饰马为自豪,源于他们先前是多么的缺少人们的照料。基于他们的决心和勇气本身,他们理应得到比我们的付出还要多的照顾。只有当他们经过充分的洗浴、刷洗、梳毛的过程之后,在太阳的照射下,像打磨得非常亮的金属一样熠熠发光,一切才算准备就绪。

我们把马牵到赛前兽医检测区,就像是一条细小的支流汇入马组成的巨大的河流中。其他的那些马几乎全是阿拉伯马,具有异国情调,身强力壮,高傲,肌肉发达,我们很难想像他们尝到过一天饥饿或者遭受过虐待的威胁。

我们的队伍很快受到了大家的关注，人们用我们熟悉的神情把我们置于焦点之中，他们默默地拿自己的马和我们的对比，他们的目光就像一条邪恶的毒蛇，阴险地滑过这些饱经忧患的马，然后从上到下打量每一条马腿、每一处受伤的脊背。其他的一些比赛对手则指指点点地小声嘀咕着什么。还有几个人公开地向我发起进攻，毫无避讳地大声讲出他们对我和我的落难马的恶意的看法。更有一些人对我怀恨在心，他们指着我的鼻子说他们恨我，而且告诉我为什么只有他们那样的马才有资格参加比赛。

这一切简直太凄惨了。

值得庆幸的是，在大多数的时间里，人们还是充满友善和爱意地同我们打招呼，尤其是那些给我们提供慷慨援助的人，不论是对于我们的救援马的项目还是耐力比赛队。所以，我们让自己充满信心，脑子里想着为了达到这种比赛状态我们所投入的高强度的训练，而且还提醒自己伤疤是生活磨练得证据，是战胜厄运的约定。我们有理由相信，在每一匹马憔悴的外表下，燃烧着一颗狮子般的心。

任何一个周末耐力赛前都要进行重要的赛前兽医检查，它将决定这匹马是否有资格参加第二天早晨的比赛。每场比赛都要遵循这样的程序，他们从比赛选手中叫上来一匹马，每次一匹，由一个勤勉的兽医进行诸项检查，包括他们的生命体征、水合因素、后背、肚带、腱和蹄子。对每匹马所做的记录都要作为赛中和赛后检查的参考。最后一步是检查马的小跑,兽医要分析马的步态,只要发现有不协调的地方,不论是多么的不引人注目,这匹马都将被宣布不适合比赛,要立即退出比赛现场。

我们的马一匹接一匹地进入了兽医检查区,我们赛队的成员低声解释着他们的坐骑逃脱一死的故事。兽医们总是富有同情心地认真倾听,在选手评分卡上仔细地记下每一个肿块和伤疤。通常他们会紧紧拥抱我们的年轻骑手,向他们表示祝贺,并对他们努力工作的态度赞许不已,称赞他们令那些濒临死亡的马最终康复起来。

5匹马中有 4 匹已经通过了兽医检查,我站在那里,等着莎拉和她的"男孩"大莫哈韦进入检查区。当他还只有 1 岁,生活在当地的一个牧场的时候,莎拉就爱上了他。那时莎拉还是一个小姑娘,但是就因为他,她在牧场上谋求了一份马夫的工作。他比实际年龄要小很多,充满异国情调的脸庞看上去小得似乎难以盛下他那双超大的黑眼睛。他和莎拉年轻的心很快就难舍难分了。

接着就到了食物短缺的季节,他幼嫩的身体经不住少得可怜的口粮定额,体重开始陡然下降。莎拉无可奈何地隔着栅栏向里张望,由于饥饿,马的下巴都脱了相。莎拉把食物和水塞给这个年轻的精神伙伴,在寒冬腊月里,她会花上好几个小时的时间抚摸他漂亮的面孔,对他轻声低语,为他饥饿的心带去些许的安慰。

冬天终于过去,生机勃勃的春天来到了,万物复苏,一种孕育生命的力量占据了莎拉的心房。像人行道上的小草吐露嫩芽,她下定决心,积聚一个 11 岁女孩的全部力量,竭尽所能去拯救她的男孩。于是开始了她在一个大型饲养场度年如日的工作,她清理马厩和马场,给马洗澡、刷洗、遛弯、喂食以及其他大量琐碎的事情。她做了一年的时间……不要任何报酬。最后,她惟一的回报是得到了匹矮小的灰色雄驹。

莎拉与莫哈韦一起长大,他们之间达到了一种无与伦比的和谐与默契。在漫长的夏日的午后,她会骑在马背上,或者在牧场里和他一起打盹,在她爱的光芒的照射下,他茁壮成长。她开始单独训练他,既没有支架也没有拴马杆,她只是温柔地骑在马背上,逐渐地加强他羽翼尚未丰满的力量。曾经消瘦羸弱的流浪马不见了,取代他的是一匹长达 15 揸(揸是测定马高度的单位,用以量马从地面到肩部的高度,1 揸相当于 4 英寸或 10.16 厘米)的强壮的银灰色马。他的头依然是别具特色的阿拉伯式的,他表情丰富的眼睛仍然是我所见到的最大的眼睛,但它们却与先前大相径庭。忧郁的褐色清池曾经反射的是空洞、不确定和犹豫不决,现在只反射出她一个人。自始至终,她都是他的生命,他所关注和挚爱的所有东西现在都精巧地调谐到了一个单一的点上。他的眼中只有她。我敢肯定地说,对于莎拉而言,这匹神奇的马还会为她毫不犹豫地穿越大火。

她拯救了他。现在,在她懵懵懂懂的十几岁的生命中,他也正在以同样的方式拯救着她。当莎拉牵着马进入兽医区的时候,她的表情非常自然而且自信。他是自己生命的延伸。莎拉和兽医轻松地交谈着什么。计分卡上慢慢地填满了"A"。按照常规，现在是马小跑的时候了，我扫了一眼手表，抬头望去，脸上露出诧异的神情，眼睛盯着她看，不敢相信眼前的一切。

有一件事几乎难以察觉，但却是千真万确的——莫哈韦漂亮的头部有节奏地轻摆着。他又再次小跑了一回，我屏住呼吸观察着。头部细微的上下起伏还在继续——这一切都清楚地表明马出现了问题。

我的胃好像被扭曲成了一个大疙瘩，非常地不舒服。在运动生理学方面我拥有着牢固的专业背景知识，我用训练运动员的方法训练我的马。我们这个赛队的训练前后一致、循序渐进、准确到位，包括速度、距离和斜坡组合无不如此，因此，我们的马受伤的几率微乎其微。就在几天之前，莫哈韦几乎还是一部疾驰飞奔的发动机。

发生了什么事？

我只能眼睁睁地看着莎拉的计分卡又回到了那个主治医师手里，他们把莫哈韦排除在比赛的行列之外，我的内心沮丧极了。可兽医向莎拉保证说，马的腿跛得很轻，今天下午可能就会恢复到健康的状态。他鼓励莎拉今天晚上的晚些时候把马牵来，再做一次检查。即便如此，莎拉回到大家身边的时候，脸色还是非常苍白，把悲伤的眼睛衬托得越发地大。

我知道她正在想她的父母，他们千里迢迢来到这儿，就是为了看她比赛。这一切真的是徒然吗？她不想令他们失望。回到营地的路上,她一句话也不讲,因为她觉得自己已经伤了他们的心。

莎拉和我又一次并肩战斗,我们用仅有的一点冰为莫哈韦的瘸腿冷敷,冰很快就融化了,我们又组成了一支水桶队,到比赛场地的中央水池提水,用手撩水,使他的腿保持凉爽。这个下午过得非常慢,我们一趟又一趟地去水池,拖着一桶桶沉重的水,希望尽快使这匹小马恢复健康,同时也能圆我们的一个梦想。

莎拉比莫哈韦还要痛苦,在她安静的外表下,内心深处却刮起担忧和焦虑的狂风暴雨,不免让人觉得有些凄凉。经过深思熟虑之后,我把我们的小队叫到一起,大家围成一圈,心手相连,为治愈莎拉的马,为他能够参加比赛,我大声地祈祷。我请求仁慈的上帝,一定要以这样的方式答复我们,就是让所有的人都知道,是上帝的伟大的爱才使一切有所不同。在我们拥抱和哭泣的时候,中间卷起一阵凉爽的风——就像一个隐身的信使,穿过树木丛生的山坡,把我们的祈祷带到上帝所在的地方。

夜色渐晚了,这时,一辆大众货车以极快的速度卡达卡达地驶过尘土飞扬的路面,一直朝我们的营地开过来——是莎拉的父母到了。她迎上去,就像准备拿给父母看一张不及格的成绩单一样,用女孩子特有的语言告诉父母发生的事情。

经过简短的对话后,莎拉又回到了她的岗位上,站在莫哈韦的肩膀旁边,继续她的康复照料。无论从情感上还是身体上,她都极度地疲惫不堪。她的守护从凉爽的傍晚开始,一直持续到寒冷的夜晚。她两次把马牵到半英里之外的兽医检查区,而兽医两次都宣布说马腿还是有点轻微的跛。这时,天已经漆黑一片了,检查区只有车前灯的光照亮,最后,兽医鼓励她说:"早上5点半的时候带他过来,我们会再次给他做检查。"她用臂弯紧紧地搂住马头,点了点头。

疲惫把我们所有的人都带到了寒冷的帐篷里,但在进去之前,我要莎拉在早晨的时候叫醒我,然后我们俩一起去给马做检查。她忧郁的大眼睛看着我,但我知道她的心情更加沉重,然后向我保证说她一定会的。她朝着自己的帐篷走去,手电筒的光芒渐渐远去,就像天上孤独的星星。

夜晚很快就过去了,连梦都没有做一个。天还是灰蒙蒙的时候,我醒来了,在帐篷的墙壁里面,我呼出的热气聚集起来,结成了一层厚厚的冰冷的水珠。在夜晚的时候,薄的冰片甚至落到了我的睡袋上面。

值得庆幸的是,为了取暖,我把大部分衣服都塞到了睡袋里面,现在我要做的事情是,把这些衣服拉出来,然后穿在身上,尽量不要把我头顶上的那一层摇摇欲坠的冰晃动下来。小心翼翼地穿好了衣服,我爬出了帐篷,扫视了一眼我们那简易的畜栏。

我们少了一匹马,莫哈韦不见了,随后我发现,莎拉也不见了。

我飞快地蹬上靴子,穿上骑具,东方的地平线刚刚泛出鱼肚白，长长的山谷蜿蜒曲折，一直通到大营地。兽医区笼罩在一片烟雾之中，地面以及任何一样东西上都裹上了一层厚厚的、毛茸茸的银色的霜。大地和天空几乎是天衣无缝地融合在一起，像一层发着光的灰色面纱。我环视着乳白色的山谷里的一举一动，我走了几步，脚踩在冻草上，发出嘎嘎的声响，我停下来，极目远眺。终于，透过灰色的雾海，渐渐现出了一个轮廓，随后又出现了第二个。我观察到他们渐渐转化成深灰色的形状。

他们低垂着头，肩挨着肩地向前走着，偶尔，莎拉会把她的右手放在马鬃毛的部位，头也不抬一下。他们这种组合式的身势语既不是极端的宽慰，也不是彻底的绝望。当他们走近的时候，我继续研究着他们，看他们带来的到底是好消息还是坏消息，急切地寻找任何的迹象，任何的蛛丝马迹。但他们的表情木然，就像他们的脚下是一条流动的银色霜河，他们在上面幽灵一般地漂浮。

我的身体一动不动，连呼吸都停止了，甚至不敢眨一下眼睛。上帝，对于这颗年轻的心，一切都太重要了……当她缓慢地抬起头来，眼睛停留在我的脸上时，我不连贯的祈祷骤然停止。

我感觉自己像一尊塑像，牢牢地焊接在这个庄严的地方，紧张地两手揣在兜里，冰冷的气息在我周围缓缓地上升。时间好像也被冻住了，我可以感觉到耳畔响起了心跳的声音。莎拉站在离我不远的地方，眼睛盯盯地看着我。我极力从她的脸上捕捉任何的信息。这时，一股清新的微风迎面吹来,好像从天堂带来了我想要的答案。随后,莎拉高举双臂,伸向冰冷的空中,像一个刚刚拿到金牌的奥林匹克选手,把头轻轻地后扬,做出胜利的姿势。我的心都要跳出来了!我高兴地想要大声喊叫,我要跪下来,我想哭,但是我首先要做的是,感谢上帝,兑现了我为一个小姑娘所做的祈祷。

我们朝对方跑去,紧紧地拥抱在一起,我们感到异常温暖,足以驱散早晨的丝丝寒意。我们的心随着太阳一起上升,越升越高,迎接着第一道金色的光芒,照亮了薄雾笼罩的万物。我们全速跑回营地,此时,这里已经变得异常兴奋,大家都在叽叽喳喳地谈论着一些什么事情。我们做了最后一次赛前准备,早上的时光就飞快地过去了。于是,我们花了几分钟的时间套上马鞍,骑上马,做起了热身练习。

马喜滋滋地阔步行走,折射出骑手此时此刻的心情。他们等不及要开始比赛,充满敬意地让我们知道他们差不多都可以马上飞奔了,风掠过他们的鼻孔,他们伸出上帝赋予的翅膀,飞过郁郁葱葱的高山。

倒计时开始了——三,二,一,出发!

我们那些经过充分热身练习的马毫不迟疑地立刻奔驰起来,一股令人难以置信的力量在我们身下升腾起来,每跨越一大步都会带来速度和力量的提升,直到地球引力本身得竭尽全力才能让马蹄子扎在土中。

在我们的身下,纯马力以其最极端的方式最大限度地膨胀收缩。风吹起了我的眼泪,流进头发里,我感到我的马使出了全身的力气,在那个时刻,就像雷声轰鸣一样,她一定觉得自己不是血肉之躯,而是变成了一个铁的火车头。地心引力好像突然失去了作用,我们自由地翱翔着,摆脱了尘世的束缚,借助风的翅膀我们疾驰着……我们飞了起来!

曾经平静祥和的树木在我们眼前掠过,就像一条流动的翡翠色的森林。我们的疾驰飞奔产生的强大的迎面风把我们的笑声传到了荒野的幽深地带。快乐的感觉似光芒弥漫在空中,像水珠滴落到我们身后的森林里。在我们疾驰的过程中,大树都弯着腰向我们招手致意,用舞动的树干向我们祝贺。在我们的身后,我想像我们的笑声正把银装素裹变成了纯金的色彩。

好像我们只用了几分钟的时间就飞跃了几英里的距离,我们缓慢地勒住缰绳,直到他们开始流畅地大步小跑,我们穿越了一个山脊又一个山脊,每个山脊似乎都要触摸到深蓝色的天空,到达山顶后,就又跑回到壮观的绿阴阴的山谷。马蹄踩到腐殖质的地面上,发出沉闷的有节奏的声音,森林的轻声低语也传到了我们的耳畔。微风吹动大树的树梢发出的声音,像是在呼唤着我们的名字。森林摊开它的手臂,欢迎我们来到它那四季常绿的怀抱。

终于,地上的斜坡渐渐地变缓变平,我们绕过一条小溪流,赛中的兽医检查区就在半英里之外的林间小径。我们翻身下马,牵着马走完剩余的路程。当我们走进兽医检查区的时候,莎拉的表情晴转多云,由极度兴奋变得严肃起来。我们两个都明白,经过了这部分竭尽全力的比赛后,曾经影响莫哈韦的东西可能还会再度袭来。

在进行兽医检查程序之前,马的心率必须首先恢复到每分钟 60 次的状态。在水槽边上检测的时候,莫哈韦的脉搏已经达标了,主治医师按照表格中列出的关键项目逐项进行检测,我朝着马背的方向望去,这匹年轻的马每一项重要检查都获得了很高的分数。

现在该检查马的小跑了。

莫哈韦能通过吗?如果他的健康状况良好而获得放行,莎拉就能够在父母的注视下完成这次比赛。他开始小跑了,首先跑到离兽医 20 码的地方,然后再跑回来,我屏住呼吸观看着。兽医背对着我,他在写字的时候,头慢慢地低下,我能够看到莎拉的大眼睛正从他的脸上搜索答案,然后,她也低下头看着地面。兽医在她的坐骑的卡片上潦草地写了些什么。

一阵微风把爱尔的鬃毛吹到了我的手背上,我往手的方向瞥了一眼,突然间发现自己紧张地握紧了拳头,正轻压在她的脖子上。我闭上眼睛,长长地出了一口气,我信任你,上帝,我对不安的马这样说道。

兽医做完记录时,我刚好抬头看了看。他把卡片拿在手中,跟莎拉讲着话,我聚精会神地凝视着她的脸,竭力弄明白她的面目表情所传递的信息。突然,她漂亮的双唇绽放开迷人的微笑,兽医把卡片还给她,同时向她翘起了大拇指。她直直地凝视着我的脸,这个面目表情在我的心里刻下了一个难以磨灭的画像,这种神情令我永世难忘。

我们紧紧地拥抱在一起。"他通过了!"我可以感觉到她喷在我头发上的气息,似乎她也一直在屏住呼吸:"他通过了!"

爱尔的心率趋于平缓花的时间相对长一些,所以莎拉在我之前就通过了检查。她骑马离开的时候,转过头露出牙齿笑了笑,像是在跟我说,她会慢慢骑,直到我们追上她。

爱尔通过了检查,可以离开了,似乎每走一步,她都要把腿伸到最长。在每个转弯处,我都会寻找莎拉,终于,她灰色的大男孩出现在我的眼前。我们的马肩靠肩地停下来,接着就开始兴奋地腾跃。在火一般热情的激励下,他们在山坡上疾驰如飞,像是往山上移动的壮观的雪崩。每次呼吸似乎都为他们注入了更多的精力、更大的渴望和更强的力量。我们像离弦的箭,来到了一块空地上,极目远眺,山底下美丽的景色令我们欣喜不已。我们几乎异口同声地欢呼、尖叫,以表达我们内心的喜悦。我们的呼喊穿过稀薄的高山空气,又传了回来,连同生命的礼物一起回响着。

我们的马竭尽全力地并排向上爬,一直到几乎无路可走,这时,差不多是突如其来的,一个声音宣布说,终点就在前面半英里的地方。我们像以前一样,跳下马,和马一起步行。我们策略性地让马的心率慢慢降下来,因为我们清楚,只有当你穿过了终点线,并且你的马匹的心率降到了每分钟 60 次以下,比赛才真正结束。

终点就在眼前,突然之间,我们两人都意识到那里是多么的安静。照常理来说,这里应该人马拥挤,可呈现在我们面前的景象却正好相反,看不到一匹马,人也非常稀少。

莎拉的母亲满面笑容地第一个迎上来,张开双臂拥抱我们。她父亲也走上来,以专业摄影师的眼光,用胶卷捕捉着这个场面,母亲和女儿紧紧地拥抱在一起,父亲则一张接着一张不停地拍照。

我的年轻伙伴满面春风,她沐浴在父母的爱河中,与她的爱马一起分享着付出与成功的喜悦,陶醉在甜美的成就感里。她母亲微笑着,几乎是撼动着女儿呼喊道:"宝贝,你成功了!你成功了!"莎拉的小嘴绽放出美丽的笑容,一只手搂着妈妈,一只手搂着她的马。

这是莎拉最幸福的一天,与她的家人、朋友还有她的爱马一起分享,她的那匹灰色的小矮马,凭借她的爱的力量,身体一天天强壮,破碎的心也渐渐得到了修复。

总有人在提醒我们,有些时候,如果我们工作够努力,梦想够远大,总会发生一些令人意想不到的事情。谁都无法令希望止步。总会有这样的时候,火一般的现实之墙不够结实、不够炽热、不够高大,难以阻止由希望激励着的梦想破墙而入。梦想穿越熊熊大火的时候,我们的身上会留下疤痕,会被烧伤甚至熔化,最后依照上帝的旨意,又把我们重新锻造成人。梦想受希望驱动,由爱心授权,永远地改变着我们。

在参加 25 英里赛程的 52 名选手中,我们救援的马组成的小队分别赢得了第一名、第二名、第三名、第六名和第七名。凭借着银色的大莫哈韦，莎拉赢得了少儿组第一名和少儿组最佳状态奖。她是全能冠军，创下了最快赛场纪录，等待着以后由其他人打破它。

我始终相信莫哈韦肯为莎拉穿越大火，在那一天，他做到了。

容易上膘的马

Easy Keeper

"妈咪,那是牛还是马?"小男孩问道,他站立的地方离矮壮的栗色母马只有几英尺远的距离。

凯贝就是大家所说的那种"容易上膘的马",容易上膘的马是这样一些马,他们吃的草量并不多,但却立刻遵循着一条原则:"无论嘴里吃了什么,都会永远变成肉长在身上。"

即便采用限制饮食计划,凯贝一类的马也通常会习惯性地肥胖。不论他吃的是什么,都像是直接贴在他的肚皮上,只有那里才是所有食物的最终归宿。

"哦,宝贝,你以为是什么?"妈妈把问题又甩给了孩子,算是回答。他的小眉毛紧紧地锁在一起,然后抬头凝视着眼前这匹硕大的栗色马。

年轻的母亲启发说:"你认为她更像什么,牛还是马?"孩子集中精力,继续认真仔细地审视面前的这匹马。

时间过了好一会儿,男孩好像对哪个选择都不满意,也许他觉得这更像是一个脑筋急转弯的题目。

突然,他好像找到了解决这个冲突的答案,眉头向上

87

一扬,得意洋洋地把双手架在小屁股上,回身看了看忍不住发笑的母亲,终于,他睿智地宣布了最后的结论:"我认为她更像一头猪。"

希望从灰烬中升起

避难所

Refuge

电话线另一端的妇女的声音听上去非常忧郁："她妈妈死了,就在三天前……"我的心立刻回到了另一个时间,另一个地点,尽管我试图把它忘记,它却总是深存于我的记忆长河中。

"亲爱的,你的母亲已经不在了。"在我 9 岁的幼小的心房里,这句话永远地刻上了烙印。那一时刻,我泪眼朦胧,我知道有人在安慰我,可我却想跑开,尽可能远地跑到一个地方,逃离这个可怕的事实。挣脱开抱住我的手臂,我从房子的后门冲出去就跑,我跑啊跑啊,穿过了一个果园,这么短的距离对我来说就像几英里那么远,直到我趴倒在粉末状干燥的土地上。我听到了尖叫声,这声音让我难以辨认是谁发出来的, 稍后我才意识到那是我自己的声音——一个孩子试图理解那些难以理解的事情时内心发出的呼喊。

　　我用一个孩子心里的全部激情爱着我的父母,然而离婚还是把他们拆开了。我的爸爸通过许多专业渠道寻求帮助,可令人伤心的是,他还是没能找到恰当的援助。在茫然的绝望中,他的大脑孕育了一个决定,于是他残忍地结束了妈妈的生命,而后自己自杀。

　　寂静。很长时间过去了,这里还是一片寂静。只听到我自己用颤抖的声音轻声低语着这句简单的话:"耶稣,帮帮我。"还有近乎悄无声息的微风从头顶上光秃秃的树枝间吹过。

　　那一时刻,从毫无生气的树上向下望去,天使们一定看到了土地上深深的膝盖印,以及旁边蜷缩成一团的娇小身影。就是在这个贫瘠的地方,众神之神的上帝跪在地上,安抚一个心碎的孩子。在那一瞬间,我的生命得到了拯救。至于我的心里发生了怎样的变化,我还不能完全弄明白,我所能感受到的,我所知道的就是,我永远不会再孤独了。

　　父母死后,我搬到了祖父母那里,他们非常地具有远见卓识,我到那没多久,他们就为我买了一匹小马。在上帝和那匹小马——火飞的爱中,我找到了一个避难的地方,逃离我那命运多舛的生活。马背上成了给我带来安全与平和的地方。无论现实多么的困顿不堪,只要我骑上火飞,忧愁就永远不会把我击倒。

　　大多数的日子里,我一跳下校车,就会飞也似的沿着公路朝我们的房子跑去,一进家门,我就飞快地剥掉衣服,一边抓起牛仔服,一边往外跑,我迫不及待地要立刻见到我的小马。我的泪水已经忍了太久,我确信除了伏在火飞温柔的颈项上,我找不到一个更好的可以哭的地方。当然,我也找不到一个比她还要好的知音,她似乎总能理解我的伤心、我的心碎,而且从来不对我妄加评论。相反,她把我带到了一个世外桃源,一个即使有伤痛也会很快忘却的地方。

我们一起飞奔,风吹干了我脸上的泪,我们沿着灌木丛生的树林蜿蜒前行,把那些企图摧毁我心灵的痛苦抛在脑后。我玩着一种假想的捉迷藏的游戏,痛苦很快被我丢在身后,只有在那时,我的心才可以真正自由地翱翔。

许多年以来,我骑马最喜欢去的地方是离我住的地方不远的一个橡树林。橡树非常高大,我过去常常想,要抱住一个大树干,非得全家人手拉着手才可以。那些向外伸展的巨大树枝在空中成弧形,相互缠绕交织,像是在互相握手,向辉煌的人生表示祝贺。在大树下宽敞的树阴地里,各种生命似乎都长得异常繁茂——我的生命也不例外,在这里,我总能感到安全。

后来,意想不到的事情发生了,一场突如其来的大火烧毁了这个神奇的地方。

好几个月过去了,我才鼓起足够的勇气,骑着马回到了那个地方,去看一看我那特别的避风港。眼前的场面简直把我吓坏了。这种毁灭太彻底,太难以修复了,这个曾经甚为壮观的地方,现在到处都是烧焦的黑炭。巨大的橡树不见了,取而代之的是像张开大嘴一样凹进去的坑,这里曾经是树根的所在,这些树被连根烧掉了。

我从火飞的背上滑下来,走在炭黑色的烟灰上,心里不免一阵悲伤,眼泪像难以控制的洪水从我情感的闸门里奔涌而出。这是我的特别之地,是我疗伤的场所,是我的家啊!现在它却被烧得连我都认不出来了。"亲爱的耶稣,这就是我的生活的写照。"我啜泣着。

一阵风把黑灰卷起,几乎有我的腰部那么高。我一直在边走边呜咽着,最后,痛彻心肺的啜泣渐渐减退成无声的眼泪,顺着我的脸颊流淌。就在那时我看到了它。在大面积黑色的延伸中,就像沙漠里的一片绿洲,我发现了一丝带颜色的东西。走近一些,跪下来仔细检查这个粉色的小奇观,一个小植物在灰烬里破土而出。于是,在我的心里,我又千真万确地听到了那个声音,正如多年前他跪在我身边说话的声音。"你是对的,孩子,这就像你的生活一样,你知道,我已经把你从灰烬里拯救出来。"

随着时间的流逝,那一刻的情景变得愈发真切,一个可能会毁掉我的生活的童年时期的经历,在耶稣的爱的感召下,相反地,却给了我生命。我曾经拥有一匹马,不仅为我遮风挡雨,还挽救了我的生命。现在我有 25 匹马,同样可以拯救其他孩子的生命。过去我生活在一个灰色之地,现在我在尘世间的天堂里生活,在上帝仁慈的关照下,我可以做其他人的踏脚石,把他们的生活中的不幸也抛在脑后。生活是美好的,每个时刻都丰富多彩……

"金穆,"电话那端的妇女传出的声音把我猛地拉回到现在，"你能帮忙吗？"

小女孩的母亲和两个哥哥都在一次车祸中丧生，她陷入极度的悲伤中，连自己应该做些什么都不能完全了解，也许在她自己看来，这也是无所谓的事。她的心处于一个冰冷的灰色漩涡，痛苦、悲伤而且孤独。我知道那个地方，我想到，然后无声地祈祷，上帝啊，帮助我成为这个孩子需要的人吧！

家里的朋友们把马德琳带到了牧场，在圆形的围栏里，我帮助她骑上了一个高高的灰色盎格鲁—阿拉伯母马，我们给她取名米莎。

她们一定是很好的一对，我想。马的名字是根据 Me-shach 取的，他是圣经中的一个年轻人，上帝曾把他从燃烧的火炉中救出来。当地的一个油脂熔炼厂受委托，派出肉商过来选马，当他们看到米莎消瘦羸弱的样子，就笑着告诉马主人说她简直是在浪费他们的时间。不久以后，我买下了她。在我们细致入微的照料下，她的体重增加了 380 磅。米莎现在健康、快乐，对于我的简单的声音命令她也是言听计从。这个聪明的小母马也把她自己的不幸和痛苦甩在了后面。

起初马德琳只是想试试看，而且对自己信心不足。她心事重重，很难集中精力。她的眼睛直视地面，两只手抓住马鞍不肯放开。我从围栏的中间轻柔地给马下达命令，米莎好像看出了这个孩子的痛苦，走得非常平稳、温柔，女孩根本就不需要马鞍也能骑得很好。

　　沿着划好的跑道,我们走了好几圈,马德琳好像有点放松了。我当时就断定,她把注意力集中在马的小跑上,可以分散她的一些痛苦和悲伤。我给马德琳讲解马会有什么样的表现,以及如何随着马一起移动。我轻声地给米莎下小跑的命令,年轻母马的身势语传递着这样的信息:她明白她驮着的是一个非常脆弱的小孩。她的头小心翼翼地前后移动,就像走在鸡蛋壳上面一样,动作十分轻盈。

　　马德琳不时地朝我的方向看,对于我的一些指令,点头表示听到了。我看到她摆动的手有好几次都离开了马鞍角的安全地带,去触摸米莎的脖子。这虽然是很小的进步,但毕竟是朝着好的方向发展了。她继续骑马,我继续祈祷。

　　回家之前,马德琳告诉我她想要骑在马上快跑。我通常不会准许这样的事情发生,但我觉得今天是个例外,可以破例一次。我花了一些时间给她讲解,柔声细语地指导她手握缰绳的姿势,同时调整她膝盖和脚踝的角度。最后,我问马德琳是否准备好了,她看着我的眼睛,点了点头。

　　听到我的声音,米莎伸出她的两条前腿开始大步慢跑。我观察着,我的眼前展现出那种有节奏的流动,马与骑手像一个人似地移动——头发、马鬃和尾巴随风飘动,处于一种永久的和谐之中。她们像旋转木马一样跑了一圈又一圈,我被包围在她们的美丽光环之中。

　　时间到了,简直来得太突然了。带马德琳来的朋友们要走了,她跳下马,悄无声息地离开了,正如她当初悄悄地来到这里一样。这么快就要走了，让我不免有些伤心，给我的灰色"天使"卸马具的时候，我还在纳闷，我做的这些够不够，上帝？我是否尽我所能营造了这个氛围，帮助这个小姑娘尽快振作起来？

不长时间以后，马德琳就搬走了，与她家里面的其他人住在一起。我经常想到她，每每让我感到一阵阵的伤心和痛楚。我觉得自己没能减轻这个孩子的痛苦，没能把我曾经得到的安全而充满爱意融融的避难所赠与她。

几个星期过去了，一天，我在当地的一家超市里等待结账，排着长队，我百无聊赖地翻看刚刚冲洗出来的一沓照片。突然，我停了下来，原以为错过的东西，现在就出现在我的眼前，这一刻被照片捕捉到了，就是那天在牧场里，马德琳的两只手紧紧抓住马鞍的前鞍桥，骑在米莎的背上慢跑。灰色母马的鬃毛在微风吹动下，向后飘着，几乎盖住了马德琳的双手，女孩的头发也在身后随风自由漂浮，她扬着下巴，双唇微微分开，柔柔地微笑着。在我们的圆形围栏的保护下，一个心碎的小姑娘把痛苦甩在了身后，双唇洋溢着幸福的笑容。

但是，最令我感动的还是她的那双眼睛——它们是微闭的，于是我知道了，在这一刻我知道了，马德琳已经找到了她的避难之地。

处女航

Maiden Voyage

    无论她走到哪,白色的手杖总是在她的前面,就像节拍器一样,有节奏地轻轻敲击地面。谢莉是个盲童,当她一步一步谨慎地在牧场里走来走去的时候,我着迷地观察着眼前的一切。我情不自禁地纳闷失明是一种什么样的感觉,想要去弄明白一个你看不到的世界会是多么地艰难。

    今天将是她的处女航——她的第一次骑马之行。我们选择了一匹年轻的叫做理沃的马驮她。这是一匹阿拉伯种的枣红马,非常勇敢,无所畏惧。他随和的个性根本不像一匹4岁的小马,倒像一匹经验丰富的老马。我觉得他善良随意的性格正好和谢莉相匹配。

    在我们两个高级职员伊丽莎和拉切尔温和的指引下,谢莉牵着理沃来到了场地中。她们帮助她上到骑马台的最高的台阶,然后坐到马鞍上。在理沃要走之前,谢莉天真稚气地问道:"骑马是一种什么样的感觉?"

    伊丽莎和拉切尔没有马上回答她的问题,思考了一会儿,然后反问道:"等会儿你为什么不跟我们说说?"说完,她们就牵着理沃在马场上溜了一圈。领马员们满意地观看着,像是有奇迹发生一样,女孩的表情已经有了变化。

　　这一行人静静地走了大约整个一圈, 谢莉才开始讲话。她的双眼扑动了几下,随后又闭上了,她的下巴尖上扬,好像在努力用脸颊捕捉微风。"我想告诉大家的是,我真的有一种在空中的感觉,"终于,她眼睛依旧闭着,但却极富想像力地用轻柔的声音说道:"我感觉风挺大,像要飞起来一样。是的,如果我张开翅膀飞起来,我能感觉到所有的烦恼都随风飘走了。"

一个值得纪念的日子

A Red Letter Day

哈里的病情发展得很快,很难有效地控制病情,连医生都感到无能为力。他是选择生命的延长,充满痛苦地度过每一天,还是让大自然裁决,过一个虽说短暂但却内心平和、有尊严的生活?伤心与平和、光明与黑暗、痛苦与解脱——所有这一切都交织在情感的漩涡里。

他已经做出了决定,不再治疗,不再服药。哈里的情感风暴渐渐平息了,但是,伴随着这个决定而来的却是巨大的牺牲。哈里非常清楚在他选择拒绝治疗的同时,虽说免却了痛苦,身体会舒服一些,但同时会让他失去很多与家人生活在一起的时间。当他最终穿越生命的终点线时,有没有人因为他留下的东西而为之欢呼鼓掌?他是否为他就要离开的生活准备了足够的爱,让他不在的时候,一家人还可以过正常的生活?谁会代替他抚慰那些他挚爱的人?

哈里现年 74 岁,生活在密苏里州,他是个忠诚的丈夫、尽职的父亲和慈祥的祖父,但他的家人不在一起,分散在各个州,就像一阵秋风刮来,落叶在空中飘摇,落在什么地方的都有。如果让他穿越美国的广大疆域,把亲人揽在怀里,已经成了一件不可能的事情。很快他就会痛苦不堪,心力交瘁,这一切都是常人难以忍受的。他轻声祈祷,每一个值得珍惜的与家人共处的时刻,都将会成为他的余生中光明和爱的源泉。

上帝听到了哈里的祈祷。

我热爱我的工作,因为我总是有此殊荣,与上帝带到我生活里的最亲密的朋友协同工作,其中就有一对夫妇,戴维和佩特拉,他们是我的特殊朋友,我是他们的力量训练的教练。我们的关系很亲密,当我需要帮助的时候,他们总是坦诚地帮我。通常,在我彷徨、找不到问题的答案时,他们的智慧和爱心总能成为我可以停泊的河岸。他们是顾问,两个人一起工作,去悉心安慰和修复那些破碎的家庭。

正如大多数根深蒂固的友情一样,我们对于相互的家庭都有着基本的了解。听到戴维的父亲——哈里,就要死于癌症的时候,我内心极度地悲伤。

在2月份一个清新的日子里,戴维、佩特拉和我正在一起训练,我们谈论着哈里的病情,这时来了一个求救电话,希望我们能救援那些正在忍饥挨饿的马。我们援救的马中,几乎没有几匹是别人捐赠的,大多数情况下我们必须为解救他们出钱,这一次也不例外,我们必须用钱购买。

戴维和佩特拉立即做出了回应。他们的钱和我们的钱放到一起,再加上其他一些有爱心的朋友的捐赠,我们买到了5匹马的自由,他们都是2岁大的阿拉伯种雄马驹。他们刚一安全到达我们为那些新来的马准备的隔离畜栏,戴维和佩特拉夫妻俩就风尘仆仆地赶来了。

年轻的小马用水汪汪的褐色大眼睛向我们问候，他们蜷缩在一起，幼小的身体相互给对方以鼓励和勇气。谁也没有讲一句话，我把戴维和佩特拉领到他们当中身体最弱的一个跟前，他在最后面，是一匹很小的枣红色雄马驹。他看上去情况是最糟糕的，瘦骨嶙峋，憔悴虚弱，即便是浓密的"冬衣"都隐藏不了他的肋骨——凸起得就像栅栏上的尖木桩。

戴维站在一边看着那匹饥饿的流浪马，很长时间里，他一动不动，只有鬃毛在寒冷的风中飘舞。即便如此，戴维和这匹小马之间产生的暖意也丝毫没有减轻。几乎难以察觉地，戴维的嘴角开始上扬了，马与人之间古老的和谐把他们拉得更近了。此时无声胜有声，这个需要人关爱的小马已经走进了戴维的心田，俨然成了他刚刚收养的孩子。

我不声不响地观察了好一会儿，不想去打扰他们之间无声的交流。最后，我对戴维轻轻地说："他需要一个名字。"我们小心谨慎地在其他众多的年轻马匹中穿过，来到了这匹小马呆的地方。我的朋友们在他深红色的皮肤上轻柔地抚摸，试图建立更亲密的关系。戴维和佩特拉两人悄声低语着，过了不一会儿，名字就起好了。"我给他取名为'哈里·李斯力'，"戴维说，"为了纪念我父亲，"他露齿笑着，轻抚小马的脖子，"但我要叫他'泰尔'，那是我爸爸的小名。"

8个月之后，特洛伊和我正拼命地挤时间，离开镇子度几天假,我们太需要这个假期了。我们本来是希望星期四走,但现在已经是星期六的下午了,距离我们的目标还有一段距离。我正在打电话,想要把那些该打的电话在我走之前打完。特洛伊拿着旅行袋、食物和露营用具,在客厅来回穿梭,那样子就像我们遭遇过的一个旋风。

我们的狗吵吵闹闹叫个不停,宣布有人来访。我听到特洛伊叫着戴维和佩特拉的名字,当他走出房门的时候,我看到他的表情露出迷惑不解的样子。

我下到山的一半,这时,我看到夫妻两人的身边还有其他人。一个体形匀称、铁色头发的妇女正拉着个小姑娘,还有一个老人,从他儿子的描述中我知道他就是哈里·李斯力。戴维把他的父母和女儿一起带来了。

哈里虽然面色苍白,但温柔的眼睛反射出一种势不可挡的暖意,使他的脸上熠熠生辉。站在哈里和他儿子的面前,注视他们的眼睛,就像在凛冽的日子里站在燃木的火炉跟前。他们的热情感染着你,他们的慰藉像升起的太阳光芒四射,温暖着你的心。当我松开紧握着的哈里的手之前,我就知道我喜欢上了他,正如我喜欢他的儿子和儿媳一样。

特洛伊牵出那匹小马——泰尔,到目前为止,他的体重已经涨了115磅,身高增加了3英寸。他把他拴到了拴马柱上,在那儿,我们大家都全身投入给他刷洗。只有哈里·李斯力除外,他站在几英尺远的地方,我专心地观察着他,但是他的表情却很难破解。当他儿子一家围绕在小马身旁,哈里只是凝视着这个与自己同名的马,他的眼神非常温柔,褐色的眼睛注视着小马的褐色眼睛,无声的交流像磁石一样,拉近了两个人之间的距离。哈里一句话也没说,慢慢地伸出一个手指头,指向朝他伸过来的马的天鹅绒般的口鼻,他们的身体相互接触到一起。

在那一时刻,只有上帝知道他们内心的真实想法。我站在一旁观看,人类和动物结合成一个整体,年轻的与年老的象征性地拥抱在一起。一个温和的老人把他的力量、智慧和爱传递给了一个年轻而精力充沛的小马。哈里的眼神似乎在说,永远保留对我的记忆,小家伙,请用你全部的身心爱我的家人,让他们坚强地成长,替我擦干他们的眼泪,好好照顾他们,泰尔。在我的眼镜背后,在我的内心深处,我能够看到火炬已经传给了小马。

戴维把泰尔领到圆形的围栏,向哈里展示小马的一举一动是多么的漂亮,给他演示马与人是如何交流的。哈里完全着迷了!他只是从书本上读到过这些东西,从来没有亲眼看到过。

哈里的孙女——奥莉维亚正在他的身旁玩耍,把木棍扔出去,再让狗捡回来。突然,泰尔蹄子上的白点儿引起了她的注意,她爬到栅栏门上去看马慢跑。

这时,就像是有人从天上扔了块砖下来,直接砸在了我的头上,我顿时茅塞顿开,完全了解应该怎样做了。

也许过不了多久,哈里就永远看不到这匹小马了,现在是他迫切需要亲眼目睹的时刻,他需要看到一个完好的圆圈,一个轮回的完成。要想知道年轻的泰尔是否确确实实传递了他的火炬,对他而言,很有必要看到孙女骑在泰尔的背上。我转身穿过围场来到了马具房,拿起马鞍和马笼头。"今天就是那个日子!"我心中暗暗地说,即使我知道泰尔几乎还没有习惯于套上马具,而且实事求是地说,他甚至连马鞍都没有看到过。

我把马具拿到圆形围栏的中心地带,让小马仔细研究捉摸这个奇怪的新玩意。就像与他同名的哈里一样,在未知的世界面前,泰尔非常勇敢,他似乎明白这样做的意义有多大。他心地善良,乐善好施,对于一些马来说,这个过程可能得花好几个星期的时间,但不到半个小时,泰尔就接受了马鞍和马笼头,然后非常轻松自在地走了起来。

虽然这件事情绝对地荒谬可笑,但我深知这是正确的做事方法。上帝,如果这就是你的想法——让一切都心想事成吧,我祈祷着。我们把哈里5岁的孙女举到马鞍上,头盔戴到头上,爸爸妈妈在两边保驾,我们则站在一旁,为这个女孩首次骑马做好了充分的准备。

一步,两步……我牵着泰尔走了一大圈,小马完全放松,一点儿也不紧张,走了一圈又一圈,每次经过哈里站立的地方,奥莉维亚都会朝爷爷挥挥手。我能够看出他的眼中噙满了泪水。

对于发生的一切,泰尔似乎完全了解。我确信有一次当他走过哈里身边时,我们兴高采烈地同哈里挥手,他则朝哈里眨着眼睛,让他明白火炬已经传递下去了。

我们给了泰尔好多个拥抱和亲吻,还喂了他许多的胡萝卜,随后把年轻的"哈里·李斯力"牵走了。

他又恢复了惯常的生活,也就是说,他最关注的事情莫过于何时打盹,与什么玩伴嬉戏,对他正式的训练要在一年以后进行。但我相信,在那一天,他已经完成了生命的召唤。

后来我听说,当这一家人开车回家的时候,车里充满了欢声笑语,大家兴奋地闲聊着,聊着他们刚刚亲眼目睹到的一些事情。

至于哈里,他从车窗向外张望农场时,已经是泪眼朦胧了,人们听到他几次轻声重复着这句话:"这是一个值得纪念的日子,一个值得纪念的日子……"当他身边的闲谈声渐渐平息时,哈里若有所思地说:"我的一生中只有三个值得纪念的日子,今天是其中的一个。"

对于我们大家而言,比我们的生命更确定的一个事实就是死亡,它会降临到每个人的头上。

在我们的有生之年,我们必须把传给后人的礼物和接力棒准备好,什么东西值得我们传递下去?什么东西不值得?我们花费时间最多的是哪些事情?

小事情确实很重要。我不知道当戴维和佩特拉慷慨地用钱拯救一匹毫无希望的小马的时候,他们是否意识到了他们同时拯救了两颗禁锢着的心,一个是年轻的濒临死亡的马,一个是年老的濒临死亡的人。谁能了解真正善良的行为能够为我们带来什么?

　　哈里·李斯力另外两个值得纪念的日子是什么，我们无从知道，但是谁能想到他第三个值得纪念的日子却来自于一匹马，蹄子上有三个白点、额头上有颗星星的马？

无声的聚会

The Silent Meeting

　　美丽的春天来了,鲜花盛开,孕育着无限的生机。上午10点左右,微风轻轻吹动,带来了高地沙漠清淡而神圣的芬芳,吹在胳膊上,吹在脸上,就像泛着香味的锦缎穿在身上。

　　我已经安排好了在农场里的一次非正式的聚会,与会人员主要是我们社区服务团体的一些领导们。我们决定在尚未完工的谷仓的楼上进行,这里既没有墙也没有屋顶,与外面的世界浑然一体。

　　在聚会期间,有几车的孩子到达了牧场,他们属于一个组织,该组织旨在帮助满足那些来自极低收入家庭的孩子们的需求。尽管以前我看到过其中的很多年轻人,但我注意到人群中依然有几张新面孔。会议还在继续,5个初中女孩沿着谷仓的楼梯爬上来,她们围坐在我的周围,我的长凳两边,每一边坐两个人,第五个女孩交叉双腿坐在我双膝中间的地板上。

　　我静静地抚摸每个女孩,算是对她们的欢迎。坐在地板上的那个女孩,把她的头靠在我的膝盖上,把玩着我靴子上的花边,我轻轻地抚弄她的头,用手指为她梳理头发。

在我右边稍远一点的那个女孩，我以前没有看到过。她长着褐色的头发，富有异国情调的脸上嵌着一双深色的大眼睛，即使她的头发松散杂乱，仍然美得令人着迷。她观察着我的一举一动，就像捕食猎物的小鸟，目光深邃而睿智。她的目光从我正在梳理着发辫的手指上移开，然后转到我的脸上，最后又从脸上转回到我的手上。

我给坐在身边的女孩编好了小辫，而此时，我的眼睛并没有离开讲话的那个人，我一边注视着发言的人，一边俯身向前，对那个女孩轻声低语，让她抓住辫梢，到马具房里找几个橡皮筋来。

她静静地站起来，故意让自己的身体放低，以免打扰到别人。她的脚刚一离开我的两个靴子中间的地方，我左边的那个女孩就立即跳到了她的位置上。我尽我所能地用手指为她梳理头发，那是一头乱蓬蓬的金色头发。

我右边的那个女孩继续仔细打量着我，丝毫没有受到干扰。从眼角的余光，我看到她在注视我的脸，然后她的目光又回落到我的双手，充满渴望地看着我把这个金发女孩的头发编织成优雅的王后皇冠似的发辫。

金发女孩用双手摸着她别具一格的发式，也像第一个女孩那样离开了阁楼。像多米诺骨牌倒塌一样，我右边的女孩迅速跳到了这个地方。她长着一头长长的黑头发，脏兮兮的一块块垂落在小脑袋周围。哦，好吧，我想，一切都可以处理好的。我向前倾斜身体，分开她油乎乎的头发，这时我注意到，我的那个咖啡肤色的"小间谍"正在认真打量着我们之间那块刚刚空出来的地方。

当她再一次看我脸的时候,我转过身去,向她投去会心的微笑。她黑色的眉毛紧紧地拧在一起,似乎在极力理解着某种她不懂的外语。我保持着微笑,转身继续梳理手中越来越长的油腻发辫。

现在她的目光既不在我的脸上,也不在我的手上,她一直在研究我们之间的长凳上的那块空地。她的紧张像静电荷一样逐渐加强,这种紧张是由于女孩子内心的强烈冲突造成的。焦虑感使她周身的血液往上涌,皮肤泛着赭色的光彩,就像收获季节落日前的颜色。时间一分一秒地过去,她还在注视着我们之间的空地,我能够感受到她内心的冲突,而且越来越剧烈,像是有一种巨大的东西在逐渐生长。

终于,她鼓足全身的勇气,做到了这件事。她一寸一寸地,轻盈得像落雪,但比它的速度还要慢一半,她慢慢地朝我滑过来。目光依然停留在我们之间的那块空地上,直到距离越来越近,空地逐渐消失,我们俩的大腿外侧碰到了一起。

她的目光依然低垂,好像在雷达下面飞翔,试图推迟被探测到的时间。现在她的身体非常安静,她如履薄冰,生怕身体的任何一点移动,都会把这个脆弱的地方弄得粉碎,使自己身陷寒冷的黑暗中。突然间我明白了,这个孩子一直生活在爱的光芒照不到的地方,对她而言,爱是一种生僻的语言,她迫切希望像其他孩子一样被爱,但又不知道怎样才能得到别人的爱。

大人们继续着他们的漫谈，又有一些女孩们偷偷溜到开会的地方，加入到我们的行列。我的小黑美人目光低垂地观察着她们。我编完了那头油乎乎的鱼尾状小辫，另外一个留着金色短发的女孩就立刻滑到我脚下的空位置上。我轻轻揉捏她的后背和双肩，同时我悲伤地感觉到，在我的右侧，一种焦虑感正在不断上升，她娇小的身躯像僵硬了一般，一动不动。

是不是因为她需要接受，需要爱，所以才会产生这样的内心骚动？任何一个孩子，都不应该遭受这样的折磨。这时，我的手并没有从这个金发女孩的肩膀上挪开，我只是转向右边，在我的黑眼睛的小乖孩的额头上轻轻地吻了一下。

她坐在那里，长时间一动不动。终于，随着整个身体的起伏，她发出了一声长长的叹息，我的心里不免暗自高兴。

会议的领导们继续讲着话，我偶尔也会加入其中。在地板的下方，孩子们开始刷马，给马套马具，尖锐的笑声和蹄子在木屑上移米移去的声音此起彼伏，不绝于耳。

我依然温柔地揉捏双膝之间的那个小后背，同时，我注意到那个女孩也仍然试探性地压着我的右腿。终于，她抬眼看着我，她长着一双很大的眼睛，目光中露出狐疑的神情，似乎在问："你想让我现在就离开吗？"

我朝她笑了笑，挤了挤眼，作为回答。她盯着我看，一点表情也没有，然后又低下头，再度陷入了沉思。

时间一分一秒地过去，突然，她上身坐直，黑色的眼睛偷偷地滑到左边，死死地凝视我的肩膀，那种神情就像一个射击高手用枪上的指针标出靶上的正确位置。她灼人的紧张足以令我裸露在外的肌肤上晒出水泡。

我好奇地看着她,心中有些迷惑不解。这时,完全靠一种意志力,她克服了身体上的抑制状态,开始了行动。她像机器人一样行为笨拙,朝侧面一点一点地转动头部,直到她的耳朵轻轻地触摸到了我的肩膀。

看上去还不错,但事实并非如此。她的身体处于一种正确的姿势,但她的信心却并不充足,这是一场你死我活的战斗。也许别人没有注意到这个辉煌的胜利,却难以逃出我的眼睛。我悄无声息地把右臂放到她的身后,让她紧紧地靠在我身体的一侧。我的手指在她的手臂和背上来回滑动,划着小方块的形状,轻抚着她的小颈项,梳理着她的一头秀发。

和刚才一样,她终于费了好大力气呼出一口气,随着这声呼吸,她的骨头似乎也散架了,因为她整个人完完全全地坍塌在我的身旁了。

我的内心充实极了,那种感觉,就像屋外的微风吹到了我们的身上。会议还在继续,在我们的上方,大人们的声音高低起伏,与松树林里风声遥相呼应,甚是和谐。然而,另外一个会议,一个无声的聚会,与一个依偎在我的右臂之下,像虫子刚刚经过了蜕变一样的小姑娘的聚会,充满着柔情蜜意般地结束了。

希望在痛苦之上升起

飞翔的翅膀

Wings to Fly

9月里的非常暖和的一天,是我们初次见面的日子。我低头一看,是个羞答答的 8 岁女孩,留着一头卷卷的金发,正躲在妈妈的腿后张望着。她站在那里,不是背着双手,就是让手臂垂落在身体的两侧,她目光低垂,下巴触到了胸前,脑袋也耷拉着,只有眼睛偶尔抬起来看看我。她的两眼非常漂亮,像嵌着黑边的淡蓝色的清池,她的目光中流露出渴望、睿智和深深的忧伤。

尽管天气很暖和,她却穿了一件饰有小马图案的小马甲,看到她现在的样子,我就知道这个小姑娘应该来到这里,我知道她迫切需要别人接受她,爱她。"你叫什么名字?"我俯下身与她保持同样的高度,问道。

她没有抬头,只是简单地回答道:"罗宾。"

对于她穿着的漂亮马甲,我善意地恭维了一番,然后问道:"你愿意骑马吗?"她表情严肃地点了点头,算是回答。

很快，我们就来到了一匹长有斑点的小母马面前，我们跪下来，打算喂她一些保存得很好的胡萝卜。我把罗宾的小手放到我的手里，当小马柔软的口鼻第一次触碰她的小手的时候，我注意到她的脸上闪过一丝诧异的神情。在那一刻，她的目光发生了变化，双眉之间的沟壑也逐渐放松，变得平整光滑，没有一点瑕疵，她内心的冰雪也在这一刻融化了。

我们一起刷洗这匹温和的小马，并给她套上马具，我帮助罗宾戴上头盔，为了这第一次骑马，一切都准备好了。她以一种法官般的严肃和沉着，接受了几句简单的动作指导，在她沉静的外表下，我可以感觉到她情感的冰雪正在继续融化。在信任的光芒照射下，小小的水滴已经形成，它们如同滚落的颗颗泪珠，汇聚成小小的溪流。这条小河越聚越多，逐渐汇成了奔涌着的信心之潮。在这个时刻，她信马由缰，骑了很长时间，而且还到了一些别人从未获准去的地方。她自己构筑的心灵之围墙，在刚刚寻觅到的可信赖的马蹄的践踏下，正在一步步地摧毁，坍塌。

秋天树叶的飘落映射着罗宾的羞涩也随风飘走了。像所有的孩子一样，她心灵的修复快得惊人，她的内心开始改变了，一个新的希望的基石正在一砖一瓦地垒起来。她的自信心和自尊心与日俱增。她是一名求知心切的学生，学习的速度超常地快，先前的紧张也荡然无存，代之而来的是不断传来的女孩子特有的格格的笑声。现在，她的内心不再由恐惧占领着,笑声也变得越来越爽朗起来。

在秋天里冷飕飕的一天,罗宾骑着马慢跑,我不由得诧异地看着她,因为我没有忘记,她的骑马历史只有几个星期。在她课程快要结束的时候,看到她妈妈站在跑马场的栏杆那里,我便走到她跟前,没有什么特殊的原因,只想告诉她,罗宾的骑马技艺给我留下了非常深刻的印象。我刚要开口讲话,这时,我发现罗宾母亲的眼里噙满了泪水,她娇小的身躯开始颤抖,一只手捂住嘴,一只手紧紧地抱住怀里的小婴孩,大眼睛紧紧地闭了一会儿。

此时,惟一能够听到的声音是她的另外一个女儿嬉戏的声响,在我们的附近,她正和小狗一起玩耍,她扔出木棍,让小狗去取。此时时间似乎也在屏住呼吸。最后,罗宾的母亲转过头来,看着我,轻柔地说:"要不是我们找到了这个地方,可能我们就会永远失去她了。"她的泪水无声地滑落下来,我们一起看着跑马场中的罗宾,看着她一大步一大步地把魔鬼甩在了身后。

罗宾仍然处于建立自信的阶段。感恩节前的一个星期,我看到这个宝贝的金发女孩骑着一匹优雅高大的盎格鲁——阿拉伯母马,根本不需要别人的帮忙了。在绚烂的天空下,母马优美的鬃毛和尾巴加上罗宾的马尾辫组成了一个流动着的旋律。在暗紫色的天幕的背景下,就像观看一场舞蹈演出,人类和马的心紧紧地贴在一起,有节奏地跳动着。

我用嘴扯下手套,用力拍着两只裸露的、寒冷的手,让她能够听到我,她骑着马向我疾走过来,我张开双臂,大声叫喊:"哇呜!"我踮起脚尖,尽力保持身体的平衡,伸出双手,给了她一个拥抱。她娇小的脸庞洋溢着光彩,与7个星期前我碰到的那个女孩相比,简直判若两人。"我真为你骄傲,罗宾,我知道你父母也同样为你骄傲。"此时,她正努力让马安静下来,我又补充道:"如果你的爸爸看到了你正在做的一切,他一定会大为震惊的。你什么时候邀请他过来看你骑马?"

她脸上的光芒立即褪成了阴沉的灰色,她目光低垂,凝视着地面:"他永远不会来的,"最后,她静静地说,"他太忙了。"

贫困的折磨几乎把这个年轻的家庭推向了崩溃的边缘。我能够想像3个孩子的父亲力求在工作和家庭之间维持平衡的情形,当然了,从这个8岁孩子的眼光来看,爸爸做不到的事情恰恰是她认为最有价值的事情。

太阳已经落下了山,我们急忙冲进马具房,把马具放好。在美丽的余晖中,看着这可爱的一家人开车下山,渐渐地远离牧场,我想道,这是神奇的一天,而此时又是一个多么美妙的结束啊!

突然,在黄昏中,红色的汽车尾灯闪了又闪,车还没有完全停下来,后门就打开了,从车上跑下来一个熟悉的娇小身影,她径直跑向我。"我差点忘了,"罗宾喘着气说:"我有个东西要送给你。"她紧握的小手朝我的脸上伸过来,在昏暗的灯光中,我能够看到她手里拿的是一张自己在学校照的小照片。

"亲爱的,你太漂亮了!"我大声地夸奖她,然后把照片翻转过来,读罢照片背面所写的东西,我顿时感觉站立不稳,一下子跪倒在地上。我想要谢谢她,但却发不出声音来。我用双臂环绕住她娇小的身体,紧紧地拥抱她。

他们的车已经走远了,我还跪在黄昏里,我又看了一眼这张小照片,在照片的背面,是小孩画的一匹马,在这匹马的旁边,有这样几个非常简单的题字:"感谢你给了我翅膀,让我能够飞起来。"

一匹小金马

Pony of Gold

　　一匹小马独自站在 11 月的寒风中,尾巴在空中摇摆,从一出生开始,这个动物就应该生活在同类中,成为马群的一分子,成为一个大家庭的成员,而他却自己孤独地站着。他长长的"冬衣"也无法掩藏其瘦骨嶙峋的身躯。这匹小马已经老了,黄金时代已经逝去,几乎毫无用途可言了。

　　太阳落山之后,灰色包裹着大地,随着黑夜的降临,气温也骤然下降,风中夹带着雪的清香。

　　当小马凝视夜空时,他们是否在思考着什么? 他们是否希望一个特别的人能够喜欢上自己? 他们是否渴望让一个孩子梦想成真?

　　经过一番深思熟虑和祈祷之后,我感觉应该给她打个电话了,当我把这个想法告诉罗宾的母亲时,她一句话也没有说。"你认为怎么样?"我忍不住问她。

　　犹豫了一小会儿之后,她似乎才找到合适的话语,说:"我认为这样做再好不过了,能够拥有自己的马,应该是每个小女孩的梦想。"

于是我们决定要为罗宾寻找一匹马,双方达成一致意见,如果这件事是上帝的安排,购买和在牧场里照料马的钱将会很快送达。"你相信会有奇迹发生吗?"我问。

电话那端是审慎的深思熟虑,然后她平静地回答一声说:"相信。"我微笑着说:"我也相信。"祈祷的话语像车轮一样马上开始运转起来了。

奇迹总会在应该发生的地方发生。有些奇迹很不值一提,如同星星的眨眼,有些奇迹则大得像子夜的天空。然而,与做梦不同的是,奇迹出现在实际的生活中。无所不知的上帝的微笑为它们提供能量,对那些生活中有奇迹发生的人产生深远的影响,很多人都说过这样的话,叫做"看到什么才会相信什么",但在现实生活中却恰恰相反,"有什么样的信念就会看到什么样的事实"才是正确的。

几天之后,我站在当地的一家饲料店的柜台旁,打算买些饲料回家。我同店主讲了罗宾的事情,然后向他打听,他是否知道谁有一匹适合罗宾的马。店主热情而饱经风霜的脸展现出那种谦和的微笑:"我想我就有她想要的马。"他的上嘴唇长着一撇小胡子,笑起来的时候很有意思。

我期待着看到这匹小马,不禁思潮翻腾。他是不是她需要的那匹马?我不得而知。特洛伊和我长途跋涉来到了店主的家。他先前提供给我的信息在我的头脑里打着转,这匹小马年纪其实不小了,他是一匹鹿皮文理的美国马,新近从一个倒闭的修养马场购买的,小马曾经由于疏于照料,被弃置在一边没人理睬,如果没有店主的介入,他的后果真的难以想像。

我们在路上转了一个很长的弯道，这样从远处就一眼看到了他。他独自站在贫瘠的田地里，低垂着头，表情非常严肃，身体一动不动，就像石林中一座倒塌的雕像，被人遗忘了很久。

我们走近他的时候，可以看到一股极强的冷风从田地滚动上升，砂石瓦砾在他的周围狂飞乱舞。我不知道是风的缘故，还是他希望再次被爱，突然他内心的某种东西复活了。他谦逊的头和尾巴向上翘，疾驰飞奔到门口迎接我们。

在拴马柱那里，我终于有机会摸到他了，我的手穿过他的脸颊，抚摸他的颈项，沿着他的体侧向下滑动。此时，一股悲伤的浪潮顿时从我的胸中升起，让我的喉咙发紧。他太瘦了，"可怜的马啊！"我不禁轻声慨叹。他的"冬毛"很长，所以刚开始我并没有发现他令人触目惊心的惨状，但现在我不能无动于衷了。如果不给予他特殊的照料，这匹金色的小马也许难以抵挡俄勒冈州中部冬天的严寒了。

我轻轻地抚摸他瘦削的脊背，他小心翼翼地回头看我，他的表情显得犹豫不决，对人缺乏应有的信任，而且一脸的狐疑。我们就这样对视了好一阵，这时我才意识到，这个惨遭遗弃的小东西可能从来没有人这样触摸过他，也许他从来就不是任何人喜爱的东西，只是某个人的财产罢了。

"他叫什么名字？"我头也不抬地问店主，他的回答让我丝毫没有防备，这使我的眼泪止不住地往下流，同时脑海里浮现出上次看到罗宾骑马时的画面。

　　"他的名字叫……舞者。"

　　这时,我的心意已决,不想再往下了解了。这种感觉就像把最后一块拼图放到了该放的位置上,画面一下子变得清晰起来。为了这个充满渴望的年轻的金发女孩,我决定尽自己所能去拯救这匹同样饱受饥饿之苦的金色老马。

　　"他的价格是500美元。"店主在我的身后说。

　　"嗯,"我小声嘟哝着,转过头去看着他,"我手头没有500美元,但我知道如果这是仁慈的上帝的主意的话,钱马上就会到的。"

　　只有牛仔才会有这种惬意的微笑,他的笑就像懒洋洋的夏日午后一样,让人感到温暖舒适。在这个寒夜,这个微笑似乎温暖了我们之间的空间,他伸出布满老茧的手,我们握在了一起,算是对此事的认同。

　　当我们开着那辆旧货车往回赶的时候,黄昏已经变成了黑夜。我禁不住暗自思量,这匹马的未来会是什么样子,我抬头看着繁星点点的冬日的夜空,为一个小孩子所做的祈祷离开了我的心房,随着我的目光升到了天堂。

　　第二天,牧场上的活动热闹非凡,下个星期六就是圣诞节的巡游表演了,父母们和孩子们跑来跑去为表演者和他们的马匹的服装做准备。我站在跑马场里,不停地往手上哈着气。我喜欢周围萦绕着的幸福的场面以及乱哄哄的声音,喜欢看年轻的骑手们为这个重大的日子做着准备的样子。寒冷的风把发着光的金银丝带吹得四处飘动,温顺的马的身上绑着成百上千只圣诞铃,发出叮叮当当的声响,使得头顶上的夜空以及周遭的空气都鲜活起来。

　　我正陶醉于眼前杂乱无章的景象,这时,两只小胳膊搂住了我的腰,动作十分地轻盈,就像鸽子一样,一个表情困惑的小天使出现在我的面前,她微笑地仰视着我,我弯下身,轻轻地吻了吻她的额头。我看着罗宾蓝色清池一般的双眼,有一种太阳正从我的内心升起的感觉,我挺直身体,用力向外张望,我看到了……她的爸爸。

　　周围快乐的人群处于一片混乱中,他的目光茫然,不知该往哪里看,就像车前灯照到的小鹿,在两难之间做着痛苦的抉择:是勇敢地面对突然的袭击,还是逃命到安全的地方。我在人群中穿梭,经过跑马场,微笑着在中途拦住他,同他握手。尽管他的眼睛像弹球一样跳来跳去,我们轻松的对话似乎令他放松了一些,然而他此时的表现还是有些迷茫,就像一个人被绑在了铁路的轨道上,而火车正在迎面开过来。

　　整个下午,人群、马群和装饰物就像旋风一样转来转去。我只要有点时间,就会去找罗宾的爸爸,与他谈论即将到来的巡游、牧场、他的孩子们以及前一天我刚刚找到的小金马。他聚精会神地听着,大多数时间都保持缄默,只是偶尔有礼貌地向我提出几个简单的问题。

　　当我与这个年轻的家庭告别的时候,我紧紧地拥抱他们之中的每个人,此时我不敢肯定,他怎样看待这一天,我们的牧场,还有他对我的看法如何。我想,在这个混乱的下午,万一没有什么东西给他留下良好的印象,那多令人伤心啊。

那天晚上的晚些时候,我给这年轻的一家打电话,向他们简要汇报有关巡游表演的几个细节。罗宾母亲接电话的声音依然是那种和风细雨的感觉。听到是我,她马上走到了房子里一个隐秘的地方,给我讲了一些出乎所料的事情。"我不知道今天在牧场里发生了什么事情,但我丈夫回家以后,他径直走到我们的卧室,一屁股坐在床上。我问他发生了什么事,他跟我说,你同他讲了有关小马的事情,金穆,他说只要能为我们的孩子们买下这匹马,他就别无所求了。不幸的是,目前我们真的是捉襟见肘,除非有奇迹发生,否则这是不可能的,但他又继续跟我谈论起孩子们和小金马,很明显,这件事对他产生了相当大的影响。"

我放下电话,站在那里思考着刚刚电话里的新信息。从我的眼光来看,这个年轻的父亲态度漠然,而且显得很不自在,然而对他而言,这一天他的所见所闻就像箭一样刺穿了他的内心,我忍不住心中充满了憧憬,希望通过给罗宾弄到一匹马,能够真正地把他们一家人的心再次连在一起。

一天,这个梦想真的变成了活生生的奇迹。7个人捐的钱刚好够买那匹小马,而在这些人当中,只有一个人真正看到了那匹马!

特洛伊和我一刻也不想耽误,我们连夜开车去购买那匹马。这是感恩节的前夕,风把小雪吹到我们的拖车上,形成了一层薄薄的白色,小马毫不犹豫地跳到了里面的一块干地上。

"那个小孩有没有她自己的马具？"店主问道，他把头歪向一侧，这样他的牛仔帽就可以为他遮挡正在飘落的雪花了。

"不，她什么也没有，"我答道。

"那可不太妙，"他朝漆黑的谷仓走去，转过头来对我说，不一会儿，他就回来了，手里拿着两个非常实用的小马鞍。"小孩子应该有她自己的装备，这两个马鞍都很好用，"他露出那种特有的招牌似的微笑，"我的孩子们已经长大，用不上这些东西了，对于她来说，肯定非常适用。"说着，他把两只马鞍分别放在我的两只胳膊上。

我们充满感激地拥抱他，和他吻别，特洛伊和我急忙踏上了回家的归途，拖车上拉着一个非同寻常的礼物。雪花在车前灯光柱的映照下上下飞舞，遮住了我们的视线，我禁不住产生这样的感觉，每片雪花都代表了我生活中一个特别的祝福。成千上万个小礼物，每一个都是独特的，与众不同的，为我内心快乐的基石添砖加瓦。是的，上帝，我要感谢你，给了我这么多东西。

"这是谁？"透过散乱的头发，罗宾用蓝色的大眼睛偷看着我，问道。

我特意让自己的回答不带任何感情，无动于衷地答道："他是一匹需要一个新家的小马。"

她轻柔地抚摸他，然后歪着小脑袋，若有所思地问我："我能骑骑他吗？"

"当然可以了。"我把头转向一边,我想继续隐瞒这个秘密,不想让她看出我脸上的表情。

她骑了一小会儿马,就停了下来,开始刷马。我们在野餐桌上放了一个特殊的饲料盘,他吃食的时候,罗宾舒舒服服地依靠在他背上的弯曲处,手臂和双腿自然地垂挂在小马的两侧,她金色的头发埋在他浓密的黑色鬃毛里。当她妈妈和我走近的时候,她正背对着我们,我们偶然听到了她的私人对话。

"你是我见到的最漂亮的小马,"罗宾轻声低语,"我希望有那么一天,我能够拥有一匹和你一样的马,我爱你,舞者。"她抱着小马的脖子,深情地说道。在天上的某个地方,我知道天使微笑了。我静静地拉住她妈妈的手,一起悄悄地走回到谷仓。

"你好。"在孩子们的尖叫声中,我勉强能够听到罗宾父亲在电话里的问候,我们简单地寒暄了几句,然后我对他讲,我们需要单独谈谈,你到卧室里去,把门带上。

"有件事情我要告诉你,"我在电话里讲了起来,"你还记得我给你说过的那匹小金马的事情吗?"

"记得。"他的回答很平和。

"你记得我说过,如果上帝介入这件事情,他会提供给我们所需的钱吗?"

"是的。"他的回答听起来更像是疑问。

不想让他再有悬念了,我和盘托出:"我想让你知道,你的妻子、孩子们还有我一直都在祈祷,我给你打电话是想告诉你神奇的事情发生了。"电话那端是沉寂。

我只能凭空想像,经过了这样的开场白之后,他的脑子里会想些什么,我继续说:"上次我们交谈后的一天里,有7个人捐赠了钱,足以购买那匹金色的小马。"还是沉寂。"小马目前在我们的牧场里,安然无恙。我打电话就是要告诉你,我们购买这匹马的目的是想把他送给你……你可以把他作为圣诞节的礼物送给罗宾。"

这次,我等待着他的回答。

终于,他的声音传了过来,由于情绪激动,他的声音断断续续:"你……你为什么为我做这件事?你甚至都不认识我,你为什么这样做?我都不知道该说些什么好……"

"我为你这样做,是因为在很久以前,有人为我做了同样的事,就因为这件事,我重新恢复了生活的勇气,也许有一天,你会有机会为其他人做同样的事情,事情就是这样周而复始的,你知道。"我轻声说道,我想像着他坐在床的一角,双手抱住头,无声的眼泪滚落到地板上。

终于,费了好大的劲,他以一种极低沉的声音说:"谢谢你。"

圣诞节的早晨在充满期待的噼噼啪啪的鞭炮声中来到了。冬天的空气寒冷而清冽。在这家人开到山上之前,我们早已布置好了计划。罗宾以为她来到牧场的目的就是把礼物带给我,她高高兴兴地送给我如下这些礼物:一个马蹄凿、一个小刷子和一个红色的小马鞍垫。我跪在孩子们中间,挨个拥抱他们。这时,他们的父亲从谷仓那里牵出一匹装饰漂亮的小马,脖子上用红色绸带系着一张纸条。孩子们离开我的怀抱,迷惑不解地看着这匹马。他们真的不知道将会发生什么事情。"快点儿,去看看纸条上写些什么!"母亲激动地催促罗宾。

她小心翼翼地打开纸条,金色的小脑袋腾地一下抬起来,先是看看爸爸的脸,又看了看小马,然后再看看妈妈,这种表情似乎在询问:"这是真的吗?"

她父亲深深地笑了一下,又点了点头,终于说:"他是你的了。"

将信将疑的神情很快演变成受宠若惊的微笑。如果把对舞者的拥抱和亲吻比做雪花的话,现在可以说他已经淹没在暴风雪中了。

最后,罗宾把她布满泪痕的脸依偎在舞者金色脖子柔和的曲线处,小小的手指紧紧抓住他长长的"冬衣",似乎在向人们宣布:"我永远不会让你离开我。"

我看着小马的脸,心中暗自琢磨起来:罗宾一直在梦想着拥有他,他是否也在梦想着拥有罗宾?成为孩子天空中的太阳,难道不是每匹马的渴望吗?在生活的每一天,能够无条件地被爱,难道不是每个人的梦想吗?

以前,他是一匹金色的小马,被人遗弃在荒芜的山上,独自站立的行将崩溃的小灵魂,仅仅凭借着孩子的爱,他就变形为一匹价值连城的金马了。

太美妙了

It's Good

在牧场里刚刚下过雪的公共区域,他们的货车留下了第一道雪印。空气中依然弥漫着雪的清香。灰色的雾霭在我们的周围聚集,这时,孩子们的母亲、治疗师和我聚拢在货车车门口,等候里面的孩子下车。

在他们到来之前,我已经同孩子的母亲谈过了,了解到杰米不但不能讲话,而且在无人帮助的情况下无法走路。她走起路来摇摇晃晃,动作十分夸张。她的精细动作技巧只是随机性地一拉一拉的,就像发送莫尔斯电码信息的击键的感觉。细菌性脑膜炎侵袭了她的中枢神经系统,在她出生的第七天,大脑的前叶就受到了严重的损伤,她依靠氧气生存,而且无时无刻不需要。医生们告诉杰米的父母要为她的后事做好准备。

我知道杰米出生后的第一年几乎是在医院度过的,她经历了 18 次手术。我问她母亲是如何挺过来的,如何才不至于让她的情感陷于崩溃中?她机敏地回答道:"我总是提醒自己,上帝比我更爱她,这一点足以让我们度过最黑暗的日子。"

　　我朝货车里瞧了一眼，给杰米一个灿烂的微笑。这是我们第一次见面，她的目光固定在我的脸上，似乎在搜索着什么东西，迷惑的神情说明她现在或以前都不认识我。

　　杰米的腰上系着一个特别的有把手的带子，从货车里走下来这么简单的事，对她而言，都是一个非常艰难的任务，但她的脸色却光彩照人。从这个奋力拼搏的 11 岁小姑娘的身上，我学到了一个非常深刻的道理，她虽然不能说话，但从她的脸上我能够读到这样的内容：生活是美好的。

　　在薄雾中，我牵出了一匹阿拉伯小马，这是一匹叫做"莱特福特"的灰马。和杰米一样，他也洋溢着一种胜利者的神采。几年之前，我们援救了这匹马，帮助他脱离了困境。他以前只靠吃草过活，结果可想而知，他得了一种危及生命的疾病——肠梗阻。我们是在一个雪夜里找到他的，当时他正处于腹部绞痛的末期，剧烈的疼痛使他在地上不停地抽搐，四肢都已经僵硬。经过多日的悉心照料，他不仅逃脱了死亡的魔爪，而且身体恢复得相当快，很快就成了耐力比赛的前十名选手之一。

　　我认为莱特福特和杰米将会是一对完美的搭档，他们有着相似的生活经历，都战胜过生活中的厄运，我确信，他们一定可以进行心与心的交流，这种沟通只能在他们之间发生，超乎于我的理解之上。

　　在拴马柱处，我们一队人围绕在莱特福特的身边，我们一个非常尽职尽责的工作人员爱米正在帮忙，杰米的治疗师也在其中。我们把手放在杰米的手上，帮助她握住刷子,让她刷洗莱特福特潮湿的"冬衣"。她顺从地由我们指引她的动作,整个过程都非常合作,然后我们给马套上马具,万事俱备,马上就可以起航了。

我不知道对于她刚刚完成的一切,以及将要发生的事情,杰米能够理解多少,我不在乎,我只是迫切地想让她明白,这是一个善良的有生命的东西,希望与她共度一些特殊的时光。我们一起来到跑马场,我领着杰米,径直站在莱特福特的面前。看到马硕大的鼻孔,她忽闪忽闪地眨着眼睛,马呼出的雾一般的哈气在她的身体周围翻滚着,我轻轻地抚摸着他的上唇。

我弯腰轻吻莱特福特的柔软的口鼻,杰米的好奇心被激发起来了,我撤回身体的一刹那,她也急忙俯上身来。她一寸一寸地挨近他那天鹅绒般的鼻子,他呼出的浓重的哈气流经她粉红色的脸颊,包裹住她的衣服,泛着白色的光泽。她撅起双唇做出接吻的样子,鼻子差点碰到了马鼻子上。但此时,她没有快速地吻他的上唇,而是伸出舌头来舔他!好像简单的一吻不足以探测这个陌生的家伙!对于这个不同寻常的爱抚方式,莱特福特的褐色眼睛里流露出暖洋洋的光芒。

我们大家一起把杰米举到马鞍上。她的脸上除了诧异,别的什么表情也没有。爱米牵着莱特福特,围着跑马场慢慢地转了起来,为了保持她的平衡,治疗师在马的一侧,我在另一侧。雪又下了起来,大片的雪花把我们的头和肩膀都镀上了白色。杰米的母亲在寒冷中缩拢身体,站在跑马场的栏杆处观看。我们刚刚绕着场地走了两圈，这时，在沉闷的脚步声中，突然传来了一种奇怪的声音，我四下观看，又传来了同样的声音，是杰米发出的声音！她在我们的面前第一次发出了自己的声音。

透过飘落的雪花看着她，只见她双手合十，轻轻地触碰马的鬃毛，她的脸散发着兴奋的光芒，双手每碰一次鬃毛，都会发出奇怪的"咕"声。

受好奇心的驱使，我们观察着展现在面前的这个神奇的场面。杰米的碰撞越来越急促，喉咙里发出的声音就越来越大，后来，她整个的身体开始为她的呐喊助阵。每发出一个"咕"声，她的身体都会猛地冲向前，带动她的双臂触碰到马的颈项。我们谁也不知道，该怎样解释这种鼓舞人心的强烈的情感的宣泄。对于杰米越来越高涨的热情，我们报以微笑，同时我想弄清楚，她到底要告诉我们什么。

"你喜欢这样吗？"我微笑着问她，她朝着声音的方向转过头来，张开大嘴，露出所有的牙齿，给了我一个最最阳光的微笑，我也跟着笑出声来。

我们绕过马场的一个出口，向她的妈妈走去，每走一步都会激起孩子更多的渴望，脸上泛着绚丽的色彩。"咕！咕！咕！"她差不多喊了起来。

"她在说什么？"我们的距离已经很近了，我问她的母亲。

她没有回答我。我从莱特福特的背后看过去，不知她是否听到了我的问话。她听到了，她的脸上满是泪水，双手紧握交叉于颌下,她深深地吸了一口气,然后擦了擦眼睛。"她想要告诉你,"她的母亲解释道,"'这太美妙了,太美妙了,太美妙了!'"

上帝,发发慈悲吧

Lord, Have Mercy

　　尽管我拥有众多的援救马的经历,但当我看到眼前的一切时,内心还是受到了强烈的震撼。我的双腿几乎难以站立,一下子瘫倒在地上。怎么能有人眼睁睁地看着这样的事情发生?同样的想法一次又一次地触动着我麻木的双唇:上帝,发发慈悲吧……上帝,发发慈悲吧。

　　整个场面有些超现实,令人难以置信。在阳光绚烂的春日怎能容忍目睹到这样惨烈的事情?这是我见到的迄今为止最悲惨的疏于照料的案例。

　　站在我面前的是一匹 17 岁大小的灰色母马。她依然具有异国风情的脸部特征表明她承袭着阿拉伯的血统,但她的眼窝深陷,我能够想像得到,她眼中曾经闪动的热烈火焰,可以看到她浮雕状头部的骄傲风采,肌肉纹理清晰可见的脖子呈现漂亮的拱形……可现在,她只剩下了皮包骨头,她的肌肉早已不复存在,骨头上只剩一丝肌腱。她的眼神就像木屑即将燃尽一样,发出微弱的光。

　　她试图勇敢地走向我,先摇摇晃晃地伸出一条前腿,小心谨慎地放在地上,探了探脚底下,然后她把越来越轻的身体的重量放在另一条腿上，向前迈了一步。她停了一会儿，头左右摇晃，竭尽全力地保持身体的平衡，不至于倒下。就是这个简单的动作——抬脚走一步，却让她大口大口地喘气。她又伸出另一条前腿，用极大的毅力重复了同样的过程。这个努力让她周身颤抖，比以前还要虚弱，然而，她却把脸伸向我，用她发抖的双唇触碰我的前额。我跪在地上，放声痛哭。

当我了解到这个瘦得只剩下一把骨头的可怜的马还怀有 10 个月身孕的时候，眼前的景象更让我触目惊心。她正挣扎在死亡线上，我的胃突然开始紧缩，然后剧烈搅动，像是对眼前的一切有医学的排斥反应，使我禁不住想要呕吐。我重新站起来，疯了似的跑开了。我穿过主人的 20 亩地，尽可能快地跑到停放卡车的地方，生平第一次全然不顾我正在侵害别人的私有财产。她的时间不多了。

我到这个地方来，并没有接到主人的邀请。当地的司法部和人道主义协会曾经请求得到我的帮助，安置 16 匹忍饥挨饿的马。在水晶峰，即使我们不能饲养每匹需要帮助的马，我们却可以解救他们，让他们恢复健康，然后通过我们自己创建的安全的家庭收养网络为他们找到一个合适的栖身之所。

这匹马现在就需要帮助。

我到家之后马上打了几个电话。事情的进展如旋风般迅速，我们匆匆赶回到濒临死亡的"莫西"所在的地方，我们现在已经给她取好了名字。我们的一个工作人员安吉拉和我一同前往,后面拉着一个运马用的空拖车。我的那些在雷德蒙兽医诊所的朋友们已经接到了我的通知,随时随地准备接受马前去治疗。

安吉拉和我小心翼翼地把莫西引领到拖车里,这时,有几辆车从我们的身边经过,对于我们的所作所为,有的司机按喇叭,有的司机向我们招手,还有的司机翘起大拇指表示对我们的行为的赞赏。其中有一位女司机甚至把车停下来,她按下轻型卡车的车窗,大声喊道:"你们把她带走,我太高兴了,去年经过此处的时候,我不得不这样!"她把手举到脸的一侧,做出在尽力遮挡视线的动作,好像不忍心去看这匹饥肠辘辘的马。

这位妇女把车开走了,我还站在那里,迷惑不解地看着眼前的一切。这里的所有人好像都知道莫西的状况越来越糟,但据我所知,他们当中没有一个人采取行动,没有一个人帮助过她,他们都是袖手旁观,眼看着这匹饱受饥饿折磨的马一天天地消瘦下去。

发不出声音,马如何请求人类的慈悲?

到兽医诊所的 55 分钟的路程就像永远也走不到尽头。"上帝,让她好起来吧,"我祈祷着,不断回头透过镀膜的玻璃窗向拖车上张望,看看马耳朵的侧影是否还在我的视野之内。

诊所到了,我们牵着莫西一步一步地从拖车里走出来,来到检查室。我们的朋友肖恩就是治疗这匹马的兽医,他脸上的表情甚是复杂,有愤怒,有痛苦,也有同情。他的目光从莫西的背上挪走，扫视着我，他还没有开口讲话，从他眉毛上深深的沟壑我就知道情况确实很糟。

尽管马的状况看上去不可救药，肖恩还是迅速开始了救治工作，他细致温和、体贴周到，对待马就像对待小孩一样，好像他面对的不是一匹遭受遗弃的马，而是一个逗人喜爱的小孩。他竭尽所能为她治疗，尔后向我们传达了最终的结果。她虚弱的身体状况最有可能造成严重的肝和肾的损害。肖恩不敢相信她能否怀孕到足月，因为他有可能活不到那么长时间。我们离开的时候，双方都非常严肃。从医学角度来讲，他已经尽力了，现在该做的事情是令人恐惧的"等着瞧"了。

同人一样，有时候马最糟糕的敌人也是他们自己。我们用拖车把莫西拉到了牧场，但是陌生的环境好像让她觉得很不舒服。她在寻找伙伴，这消耗了大量体力。我们尝试把一匹温顺的老马和她圈在一起，但她要适应这一切所付出的努力实在太大了。她一次又一次地跌倒在地上，要是我们能让她明白这一点就好了："你需要安静。"但是我们做不到，我们只能站在一边，看着她拼命挣扎。

第二天的情况更糟，晨光给大地撒上了一片灰白色，正如我此时的心情。莫西这一晚过得惨不忍睹，她一次又一次地摔倒，然后使出全身的气力再次站起来。现在，她正倒在地上，皮肤上有多处伤口，她自己的血液在银白色的身体上流出令人惊愕的图案，她的头部和腿上全是血。

安吉拉、特洛伊和我尽力让她放松，她仍然拼命想要站起来,但体力很快就丧失殆尽。我们跪在她身边,轻抚她青淤、流血的身体,让她安静下来。

那天早晨,我们迎来了一群 8 岁的女童子军,她们来牧场做义务劳动。特洛伊离开莫西去接待她们,稍后他回来的时候,手里拿着手机,是肖恩打来的。

我把马现在的状况简明扼要地给肖恩讲了一遍,然后,我用断断续续的声音请求他来一趟。任何生物都不应遭受这样的折磨。

他平静地说:"我马上就到。"

我抹了把脸,做了几个深呼吸,大步走到那群童子军那里。上帝,帮帮我,让我变得明智一些吧,我祈祷着。

"我们有一匹马,她病得非常重,"我一边在牛仔裤上揩着手,一边说,"在她长身体需要帮助的时候,没有人去理睬她,现在她永远不会再好起来了,她快要死了。"我能够感觉出自己嘶哑的声音,我再也控制不住自己的情绪,用沾满血的双手把脸捂住。

女孩们的眼睛睁得大大的,一句话也说不出来,最后,我抬起头,向陪同而来的父母建议,让孩子们看一看这匹马。她们需要知道,如果人类不能给予动物适当的关照,他们会遭受到怎样的厄运。父母们同意了我的提议。这支小队伍静静地从马的身边走过,一些女孩加快了脚步,头都不敢抬起来,一些人则停下来注视着她。大人们比孩子们更清楚真正发生的事情,他们引导着孩子们观看,默默地一句话也没有。

时间继续流逝。给童子军们布置好了任务之后,我就又回到了莫西的身边。

就在这段很短的时间里,她的状况发生了更严重的恶化。她侧身躺着,这使得呼吸越发困难,可她太虚弱了,连坐起来的力气都没有。我们不得不帮她翻过来,胸部朝下,让她喘几口气,随后,她又瘫倒在我们的怀里。

对她来说,身体的轻微移动都是痛苦不堪的,她的肺里已经进了液体,嘴和鼻孔流着血,脆弱的皮肤也被撕裂了,其实我们只想帮她,但她的身体根本承受不了我们手和脚给她的压力。由于剧烈的抽搐,她的肚子一拉一拉的,这是她身体上惟一一处没有完全瘪下去的地方,这里面有她的小马驹啊,她的小宝贝就要死了。

她干涩的大眼睛,由于无法眨眼,眼睛里布满了污垢。她求生的挣扎逐渐增强到那种可怕的努力,她呼吸浅表,发出一种嘎嘎的声音。

"上帝,发发慈悲吧,"我一遍又一遍地哭诉,"上帝,发发慈悲吧。"

肖恩赶到了。

他穿过院子时,我站起来迎上去,但我并没有走多远,一看到我手上和脸上的血,他就快速做出了决断,他转身取来一个大注射器,我们一起来到畜栏里。

对于就要发生的事情,我怎么也接受不了,此时此刻,我的舌头好像已经不受大脑支配了,我愚蠢地问道:"这是正确的做法吗?"

肖恩点了点头,他无需用语言来传达此时的感受。他跪在莫西的旁边,抚摸她的颈项和肩膀,蓝色的大眼睛变成了透明的清池,闪动着泪珠,他的助手则把手搭在我的肩上。

此时,我们已经没有什么可说的了。

抚摸着莫西沾满血迹的轮廓优美而且高傲的头,我想着,她曾经是一匹多么杰出的阿拉伯血统的马啊,如果我们早点找到她,如果我们能够及时地解救她,也许情况就会有所不同?

这种种无法实现的可能性令我泣不成声。她的身上,再也不会受到温柔双手的爱抚;她如丝的白色鬃毛再也不会在金色的光芒下发出珍珠般的光彩;她再也不能拱起高傲的脖子,张大鼻孔尽情地腾跃,展示她继承下来的所有荣耀。她永远也无法见到她的小马驹,她永远也感受不到爱了。

是时候了。

肖恩给她注射了一针,我们能够看到这致命的液体从注射针里出来,蜿蜒前行流到她脖子上的静脉里。她紧张的肌肉渐渐松弛,好像终于得到了休息,她要活下去的不屈不挠的决心终于被制服了。

她的眼睛是最先闭上的。当她的头和脖子瘫倒在安吉拉的大腿上的时候,她慢慢地呼出了最后一口气。这个曾经显赫一时的纯种马现在只剩下千疮百孔、血淋淋的尸体了。安吉拉把莫西的头贴在自己的脸颊上,失声痛哭。

剧烈的痛苦像滚烫的熔岩在我的喉咙里翻滚,悲痛就要从心底里迸发出来,我想要呐喊,我想要全世界知道,一个高贵杰出的生命已经逝去,我想使劲地往后仰起头,尽情发泄这徒劳的愠怒。

远处的孩子们在玩耍,我听到了她们的笑声。在我们的头顶上,柔和的微风吹动树梢,发出沙沙的声音。我闭上眼睛,想像着莫西迎着风飞奔,身边跟着她刚出生的小马。

他们终于解脱了。时间不知不觉地流逝,特洛伊、安吉拉和我用帆布将莫西的尸体掩盖。现在是春天,在牧场里,我只找到了三朵正在盛开的花。它们是水仙花。我小心翼翼地把花放在马肩上。

我身体重重地靠在畜栏的栏杆上,这时我感到有什么东西抱住了我的大腿,是一个8岁的小姑娘,她闪动着褐色的大眼睛仰视着我,脸颊上满是泪水,她以孩子特有的纯真和质朴对我说:"你的马死了,我很难过。"

我跪下来抱住她,俯在她的头发上,说:"我也很难过。"

回想起一天前我第一次看到这匹马,在痛苦中我曾向上帝祈祷:"上帝,发发慈悲吧。"

上帝听到了我的祷告,好心的上帝最终还是仁慈的,因为我请求他拥有"莫西"。

现在,莫西就在上帝那里。

完美的一对

A Perfect Match

仅仅走了一段通向我们牧场上山的路,就让玛丽上气不接下气了,她面色惨白,眼睛和嘴都透出青黑色。我们简单地问候了几句,我就知道玛丽的病情相当严重。

玛丽是专程从华盛顿州来到水晶峰的,与她同来的还有她的丈夫和两个孩子。我们简单地相互介绍了一下,一个工作人员静静地拿过来一把椅子让玛丽坐下,此时她还在喘着粗气。

尽管她的身体正在遭受病痛的蹂躏,但她的精神却透露出一种高傲,一种不屈不挠。虽然脸色疲惫不堪,但却始终洋溢着一种绝对的满足感。她的身上折射出一种感恩的情愫,这可不是每个人都具有的,只有那些意识到生命的每一刻都无比珍贵的人才具备。我对她肃然起敬。那天晚些时候,玛丽告诉孩子们以及工作人员,她的病情正在逐渐恶化,已经无药可治了。

牧场里到处都是嗡嗡的声音,在阵阵尘土和格格的笑声中,孩子们、领马员和马协同工作,构成了一曲和谐的乐章。玛丽平和地看着眼前的一切,她的孩子们也陶醉在这幸福的旋律中。这两个孩子漂亮而且安静,她们灿烂的笑容和盘根问底的提问透露出那个年龄段的孩子们少有的成熟与严肃。很明显,她们完全了解自己母亲的病情,而且知道与她呆在一起的时间可能会是多么地短暂。

工作人员很有策略地把椅子放在了一个合适的位置,它可以确保玛丽在坐着的情形下,依然可以对孩子们一览无余。她与丈夫从拴马区来到跑马场,时不时地停下来,与那些带他们来此的特殊朋友们热情地闲聊。

此时,高高的云朵在天空中划过,柔和的阳光洒满大地。我正在跑马场里,同领马员一起帮助玛丽的孩子们上马,这时我注意到玛丽不见了。我猜测,也许她去卫生间了。由于我不想让她错过孩子们的任何一点经历,我转过头寻找她,突然,令我大为惊讶的是,玛丽自己走进了跑马场。她带着头盔,牵着一匹装备齐全的马!引领玛丽和马来到马场中央的是凯尔西,一个能力超常的14岁的初级领马员。她们停下来的时候,我听到凯尔西还在解释什么是正确的上马姿势,她真的要骑马吗?我既是在问自己,又是在回答自己。

我浑身打了个冷战,心中不免有些疑虑。上帝,这样可以吗?我走向玛丽的丈夫,用一种询问的眼神看着他,像是在问:"你认为这样可以吗?"

他微笑着摇了摇头,同时耸了耸肩,用一种温和、低沉的声音说:"她总是能够给我带来惊喜。"他的微笑像和煦的微风吹到了我的身上。

　　我猛然顿悟到这件事情的重要性，对玛丽而言，这可能成为一个具有决定意义的时刻。我要做的就是让开路，顺其自然，上帝，指引一条路吧，我轻声祈祷。

　　她们开始出发了，凯尔西娇小的身影在马的肩膀旁边稳健地前进，我能听到玛丽和凯尔西两个人的笑声。走了几圈之后，玛丽提出要求，让马快走，随着她身体在马鞍上的上下起伏，我的呼吸似乎都要停止了。接着，她开始慢跑，在第一次骑马时，我们几乎不能容许这种事情的发生。

　　她一圈一圈地在跑马场里飞奔，朋友们来到围栏处，拿出相机拍照，玛丽的孩子们也勒住了缰绳，吃惊地看着眼前发生的一切。我们都充满了惊讶，时间似乎也停了下来。我确信天使正在观看我们。

　　玛丽的脸上洋溢着光彩，在那个辉煌壮丽的时刻，疾病的阴影渐渐退去，死神的威胁不过是践踏在飞奔的马蹄下的恶鬼。玛丽不再是一个濒临死亡的女人了，现在，她和天下任何其他的母亲一样，与孩子们一起骑马嬉戏。在那个时刻，她是自由的，无忧无虑的。

　　"看着我！我飞起来了！我飞起来了！"她喘着粗气宣布，希望大家都能听到她欢天喜地的声音。这种感觉就像她把一个大鹅卵石投入池中，在周围激起快乐的涟漪，我们站在那里，任由潮水般的笑声在我们的头上轰鸣。

　　终于，玛丽放慢速度，让马慢走。我走上前祝贺她，伸出双臂，把她紧紧地搂在怀里。经过了一段时间的深思熟虑，我告诉她，刚刚她骑的那匹马曾经也挣扎在死亡线上，我拉开他的鬃毛，给她看马肩上面参差不齐足有 10 英寸长的伤疤。

玛丽的脸色严肃起来，过了很长时间，她挺直上身，无声地退下粉红色圆领背心的上部。"我也是如此，"她说，把她自己可怕的伤疤露出让我看，毫无疑问，这个伤疤是做胸部手术，把胸部一分为二的时候落下的。

我能感觉到自己的眼睛顿时噙满了泪水。"你瞧，"我几乎低语道，"你们俩真是完美的一对。"

玛丽俯身贴在马的脖子上，用双臂抱住他。一个女人，一匹马，两者都是生活的强者，虽然面对困苦灾难，却都表现出一种胜利者的姿态，这种形象在我的心里刻下了永恒的印记。这是一个多么完美的例证啊！虽说身体上千疮百孔，却绝不屈服于生活中的厄运。在炫目的笑容的映照下，玛丽脸上青色的阴影已经消失殆尽。她的脸颊倚在马的鬃毛里，闭上眼睛，对他轻声说："谢谢你，亲爱的，谢谢你。"

我一把拉过凯尔西，紧紧地抱住她，亲吻她的额头。这个 14 岁的小精灵是否理解她刚刚所做的一切，她的冲动行为带给玛丽的卓越礼物？在我的怀抱里，凯尔西感觉到了我的目光，她抬头看着我，嘴一点点地张开，露齿而笑。她确实知道，她肯定知道！虽然这种事情在牧场上时有发生，但我突然第一次意识到，我是多么需要向我周围的这些孩子们学习啊。

我低下头，笑着摇了摇头，这时，我看到了他们。凯尔西的脚上穿着一双我从未见过的白色高跟凉鞋，在露脚趾的薄薄的吊带部位,她原本雪白的袜子脏兮兮的,目不忍睹。

　　当她发觉我正盯着她穿在脚上的滑稽可笑的东西时,马上起身,飞也似的跑开了。一边跑一边回头说:"我知道不穿鞋骑马是违反规则的,所以——"她的脸上闪过天使般的微笑,"我把我的鞋给了她。"

希望在废墟之上升起

黑色的钻石

Black diamond

养马场里瘦弱不堪的马群中,这匹小马是最小的。15匹1岁左右的小马拴在一个畜栏里,她就像弹球一样被推来操去,从这头滚到那头。

饥饿迫使所有的小马都在我们的双手上寻觅,企图找到任何可以填满其干瘪肚皮的东西。只有这匹小马往后退,甚至不想走到我们的跟前。我的心骤然沉了一下,惨痛的经历教给她,即使她走上前,那些比她高大、强壮的马也会把她推到一边去。

她头部的姿势给我的印象非常深刻。一般来说,如果一匹马处于这样一种可怜的境地,他们的头会放在一个不高不低的中间位置,尽量保存他们仅剩的一点能量。这匹马的头部却抬得出奇地高,不是出于惊慌或恐惧,更多是由于……高贵。即使在食不果腹的情形之下,她的举止依然高傲、有尊严,好像她拥有一个秘密,一个许诺,只有她自己知道,不想与别人分享。面对所有的不公平,她仍然要努力地生存下去。她之所以能够活下去,好像是知道一些别人无从知道的事情。

尽管人们对她的照料微乎其微,她却有着惊艳的美貌。这是一匹脸上带有白色斑点,蹄子上有四个小白点的深棕色的马,她精致的面庞透露出经典的阿拉伯风格,从长着浓密睫毛的大眼睛,到茶杯大小的口鼻,无一不精雕细刻。她那如同雕塑一般高耸的耳朵逐渐向一端变细,精美的耳尖遥相呼应。毫无疑问,她的出身相当高贵。

她是一颗黑色的小钻石,我想,在崎岖山路上的一块钻石。

她在马群中又后退几步,我的心随着也沉了一下。她的前腿非常糟糕,后腿的情况更糟。她的蹄子上方窄窄的关节部位,非常纤细柔弱,而且拉伸到了极限,向后倾斜成一个不正常的角度。正常的关节角度大约是与地面成45度角,而她的关节几乎与地面平行或者更低。"哦,可怜的孩子。"看着她转过身,我屏住呼吸,心疼地说了一句。

事情已经很清楚了,带领我们四处参观的饲养场主人并不靠这个财产,这些马生活,他似乎也不太在意这些马的悲惨境遇。我们默不作声地走进下一个畜栏,继续着我们的"参观"。我已经无心再看下去了,话也少了很多。出于礼貌的考虑,我同他们进行一些必要的对话,但我的内心却像要撕裂一样,为我们刚刚离开的那个目光空洞的小马而哭泣。

上帝,告诉我该怎样做,我祈祷着,感觉到我的心开始振作起来。我们刚刚看过的几乎所有的马——准确地说是57匹马,目前都在出售中。如果这是你的安排,上帝,给我足够的钱让饲养场主能接受我们的报价。

热情似火的夏天渐渐退去,收获的秋天来到了。漂亮的树叶飘落到地面上,就像从高空抛下的多姿多彩的丝带,充满了节日的庆祝气氛。秋去冬来,高地沙漠的冬天原始而安静,覆盖着一层厚厚的白雪。

静谧的白色之美显得安逸宁静,但却丝毫不能安抚我痛苦焦灼的心。饲养场主拒绝了我们先前所有的报价,哪匹马都不肯出售。我知道那些马还在那里,还在忍受饥饿的折磨。

终于,我再也忍受不下去了,我急于要了解他们现在的境况。我小心谨慎地驾驶卡车在结冰的路面上穿行,驶上了那条小路,一直通向冰冷的畜栏。我看到这些1岁左右的小马已经挪到了一片开放的空地上,和成年马生活在一起。这表明,他们得面对更大更强的竞争对手,为那可能到口的食物去争夺。

但是,畜栏周围厚厚的完好的雪地像目击证人一样表明,这里根本没有人来过,没有任何迹象证明有人送过饲料。畜栏里一个人也没有,马匹只有在里面荒凉、空洞洞地上躺着。没有一个人影,食槽里面仅剩的一点水已经冻成了冰块。

在接下来的几天里,我又去了两次,除了我自己的印记之外,还是没有别人来过的踪迹。很明显,在这个寒冷季节里,整个马群是在没有任何食物、没有水的状态中度过的。当我看到马群朝我静静地走来,希望从我这里得到一些食物的时候,我的沮丧陡然增加。

这时我看到了她,黑钻石,那匹高傲的小马,她的状况比先前还要糟糕,连在雪地里行走都成了问题。即使从我站立的地方望过去,我也可以看出她走路的姿势摇摇晃晃。

我知道,由于虐待动物,这个地方正在接受调查,我也认识负责调查的官员以及主治兽医,我还知道法律的程序通常要拖很长的时间。这些马需要立即实施救助,不是明天,不是下个星期……而是今天。现在必须马上采取行动。

我脑子里立刻浮现了一个想法,牧场要搞一个试验性工程,需要很多年轻的马匹。由于饲养场正在接受犯罪调查,打电话找到他们着实费了一番周折。终于联系到他们了,我立即打电话介绍了这个项目。该项目涉及年轻的马匹和十几岁的女孩子,首先我要培训这些姑娘们,然后她们再训练这些马。他们将成双成对地一起长大,如果双方配合默契,而且能力达到了一定的水平,他们将来可以作为一个小组参加耐力赛马。

我接着说,不幸的是,我们的牧场缺乏启动这个项目的财政支持,需要外界的一些援助。我认真地解释说,我知道他们想要遣散马群,那么他们是否愿意以较低的价格出售其中的一些马呢?

154

经过一个星期令人痛苦不堪的缓慢交涉，双方达成了一个公平的交易，他们同意出售 5 匹年轻的种马。然而，黑棕色的小马却不在出售的行列中。后来我得知，如果找到合适的买家，黑钻石可以卖到将近 1000 美元。就是因为这匹小马的缘故，我继续与饲养场进行沟通。

我们又迎来了新的一年。更轻柔的微风驱散了我们业已习惯了的来自北极的刺骨的寒风，我最厚重的冬衣已经在前门的挂钩上呆了很长时日了，我开始轻装上阵。天气渐渐地暖和，一天，我接到了一个电话，同样温暖了我的心。来自俄勒冈沿岸的一个青年团体已经安排好来我们的牧场度春假。他们想提供自己拥有的一切——他们的双手、他们的时间以及他们的爱。

初春里寒冷的一天，特洛伊和我正在驱车回家的路上，我们的手机响了，是饲养场主打来的。黑钻石现在正在出售中，而且价格合理，我扫了一眼特洛伊说："他们开始卖黑钻石了！"

"是的，我们仍然想要她！"我强调说。但是首先，我们必须彻底检查一下现在的财政状况。特洛伊和我早先已经探讨过这个问题，我们两人有同样的感受，就是我们希望尽一切所能帮助这个饱尝艰辛的小马，但我们也达成一致，对于我们已经拥有的那些马，我们必须尽可能地在财政上为他们提供最好的支持。

我们驶进了长长的私人车道，特洛伊把卡车停下来，我走下车，排上了一个长队，等着从信箱里取走我们的信件。回到卡车里,我把手放在暖气出口的前面暖手,同时开始浏览这些信件。

一个手写的小信封引起了我的注意,我用大拇指划开信封,发现里面有一张简洁的便条,写信的人就是即将到牧场来的青年团体。"我们以前从未做过这样的事情,"信是这样开头的,接下来说他们觉得非得送我们一个礼物不可。整个团体,包括领导们和年轻人在内,就该送我们多少钱的问题还一起祈祷来着。非常奇怪的是,他们恰好都选择了同样的数目。

"我们不知道这笔钱可以做什么用,"信上写到,"但我们确定就是这个数目。"

随信寄来的是一张折叠的支票,在我读信的时候,它就滑到了我的大腿上。我把它拾起来,打开它。

我惊呆了!

钱的数目不多不少,刚好是我们救助那匹马所需的钱。

"好吧,上帝,我想这再清楚不过了。"我静静地说,把信和支票递给特洛伊。

他的眉毛向上挑了一下,和我一起大笑起来,说:"这可太好了!"

第二天,我们就把小马买回了家。

像一块干瘪的海绵,她立刻变得丰满起来。与力量的增加相比,体重的增加还在其次,就连她虚弱的蹄上关节也开始有所改善。在我们的眼皮底下,这个切割粗糙的小钻石开始在关爱的阳光下熠熠发光。

几个星期之后，这个青年团体来这里度假。那天的天空灰蒙蒙的，令人情绪低沉，可这群孩子们却截然相反。像山间潺潺的小溪，孩子们有说有笑地从面包车里面一个个地溜下来，坐了那么长时间的车，终于能舒展舒展身体了，这让他们尤为兴奋。他们的出现已经成为了我们的礼物，即使我们连他们的名字都不知道。

把他们带来的东西存放在楼上的谷仓里之后，我们就来到了楼下集合。我首先对他们说，我们非常感激，他们宁愿放弃宝贵的休息时间来到这里帮助我们打理牧场。我继续讲到了我们为他们制定的活动计划，包括帮忙修理和建造简单的牧场设施，清理石头，为一家非常需要帮助的牧民提供社区服务，帮助残疾儿童骑马，也许，我笑着说，还包括一些玩的时间。

我向他们说明修建这个牧场的目的以及我们的任务，强调我们的马匹援救项目的时候，我用了比平常要多的时间。随后，我同这群非同寻常的孩子们一起分享了那个精致漂亮的黑棕马的故事。我详细地讲述了她困在饲养场时，我每次见到的她的惨状，我一边解释，一边用手比划，我给他们讲了她虚弱关节的情况，每走一步，她的关节几乎就会贴到地面上。我回顾了我们所采取的所有行动步骤，如何与饲养场主谈判，以及我们援救马的努力又是怎样付之东流的。

他们听得聚精会神，一会儿睁大眼睛，一会儿又痛苦地紧紧闭上。

我给他们解释,在那些寒冷的日子里,看到小马由于虚弱和饥饿在雪地上摇摇晃晃时我内心的感受。那时,她还不是待售中……真可谓是价值连城。

我告诉他们,如果没有人介入此事,这匹小马必死无疑。

在这群孩子中,我在每个角落都看到了无声的眼泪顺着这些年轻人的脸颊流淌下来。我又对他们讲了这匹马终于可以出售的过程,以及我们如何凭借现有的财政状况与他们尽快协商交涉。

我提醒他们当上帝安排好一件事情时,它就一定会发生。"不知怎的,"我说,"爱似乎总会找到一条出路,今天我要告诉你们……你们的爱给了小马一条生路。"

在我讲解的时候,特洛伊已经悄悄地把小黑钻石牵到了人群的后面。我轻声说:"你们想看看那个因爱而生的小马吗?"

特洛伊把小马领了进来,孩子们都张开嘴巴,吃惊地望着她。

"你们的爱拯救了这匹小马,"我对他们说,"这就是她所需要的一切,别的什么都不需要。因为你们的爱,她的生活发生了永久的改变。"

孩子们静静地把小马围在中间,伸出手去抚摸她依然虚弱的身体。面对这样的情况,大多数小马都会非常惊慌,但小黑钻石像是实现了诺言一般满足,那个诺言深埋在她的心里，正如第一天看到她时一样。她早就知道有更好的东西在等待她，现在，她正沐浴在升腾的爱的潮流中。也许她能够了解，就是因为这些孩子们的关爱，她才最终获得了自由。

天堂的滋味

Taste of Heaven

　　善良的行为就像沙漠中的雨水，只有我们了解到沙漠是多么地干旱，我们才能真正理解雨水的重大意义。雨水一般的礼物通过多种渠道降临到我们的牧场。除了骑马的项目之外，人们还提供了其他的一些活动，比如父母援助聚会、女孩成长组织、冰川联谊会、挑战队（一个运动组织）、马拉松长跑小组以及徒步旅行者攀援巅峰活动。还有一些其他的项目，为那些来到农场的家庭提供吃住。

　　我们的食品项目是帮助那些收支相抵的家庭的另一个重要资产。我们有一个食品储藏室和一个大型冷冻箱，里面贮存着慈善者们捐募的食物。当地的一个乡村面包店启动了这个项目，他们一个星期捐赠几次隔夜的面包。

　　其他人也竞相效仿，只要是他们认为牧场能用得上的东西，他们有什么捐什么。先是一整头肉食牛，随之而来就是上千磅土豆。许多捐赠者去超市购物，把价值上千美元的东西拿到牧场，而这些东西可能是那些财政困难的家庭自己永远都舍不得去买的。因为这是一个流动性项目，我们永远也无法知道什么时间，什么东西正在运往我们牧场的路上。

有一天就发生了这样的事。那天,我去冷冻箱里取冰,我打开冰箱门,惊讶地差点跪在地上!有人在里面塞满了冰激凌,多得直往外掉,你能够想像到的各种风味应有尽有,60 盒,80 盒,也许有 100 盒,每盒的重量都有半加仑那么多。

突然之间,这件事成了这一天中令人惊奇的笑料。领马员指示孩子去给他们从冰箱里拿些东西,然后他们偷偷地跟在后面,观察着他们的反应。一些孩子惊喜得发不出声音,一些孩子则尖叫着,狂笑着,几个孩子甚至踉踉跄跄地后退了几步!真的很有意思。

希爱拉刚刚来到牧场,这是一个天真、漂亮的 14 岁女孩,长着一双雌鹿一般褐色的大眼睛。没有前言,也不做什么解释,一堆孩子拉着、架着她的两只胳膊就往冰箱那走,她站在了冰箱的前面。

我拐过一个弯,刚好看到了她的反应,就像慢放电影一样。她原本就很大的两只眼睛瞪得像两颗硕大的黑珠子,惊愕地张大嘴巴,摇摇晃晃地后腿一步,双唇发出"哦"的音节,她的大脑试图弄明白眼前高耸着的壮观的冰激凌之墙是怎么回事。这时,时间好像定格了。

她的眼睛依然注视着上方,注意力相当地集中,好像什么东西也打扰不了她。这时,她轻声低语,声音神圣而且充满了喜悦:"这是天堂……在天堂里。"

玻璃马

The Glass Pony

　　我只有 7 岁时,在祖母米米(米里亚姆的爱称)的家里睡觉是我生活中最快乐的时光。

　　在她房子后面的果树园里玩耍,在沙发上依偎在她的身边,吃着刚刚烤好的很多好吃的东西,这一切使我与祖母在一起的生活像是在天堂里一般。她的爱使得那个简陋的乡村小屋变成了孩子的一个乐园。

　　每每到要回家的时候,我都会藏到灌木丛里,躲避我那有耐性的母亲,希望她会把我"忘记",好让我与米米一起度过一个夜晚。透过牡丹叶子向外窥望,我看到母亲车后的尘土慢慢地盘旋上升,眼看着她驶在尘土飞扬的车道上,踏上了归家的路。这时,祖母会用祖父的一个 T 恤把我裹到小床上,我便觉得自己是这个世界上最幸福的女孩。

　　在祖父母房子的窗外,有一颗巨大的橡树。在夜晚,透过若隐若现的黑树枝,我能看到遥远的小星星向我眨着眼睛,有时候,月亮会泛着珍珠般的光芒微笑地照进我的房间。

　　在那里,就在窗台上,有一个小玻璃马,柔和的光亮在它的背后翩翩起舞。从我的床上,在月光的映照下,我只能分辨出它的脸、脖子和后背。无论在怎样的光照下,她的颜色都是灰的,她的脸颊又大又圆,小脸露出永恒的微笑。当月光洒在玻璃马上时,小马总能激起我的好奇和梦想。我会不会拥有一匹自己的马?

对于许多小女孩来说,拥有一匹属于自己的马成了仅次于呼吸的最最重要的一件事。

我躺在床上,在半梦半醒之间穿梭,憧憬着与马在一起的生活。在梦境中,我骑着马飞奔在长满三叶草的土地上,在每个水塘里游泳,我把头埋在凌乱的马鬃里,嗅着它那泥土的芬芳。我的马同我一起飞奔,因为生活的快乐而尖声高叫,借着风的翅膀,我们的心一起翱翔。

躺在没有灯光的房间里,我可以感觉到小马天鹅绒一般的口鼻就在我的左右,这就是一个 7 岁孩子的美丽梦想。

特洛伊和我正在风景如画的俄勒冈海岸度假。

每当我们拥有难得的空闲,我丈夫就纵容我沉湎于我最喜欢的一个消遣方式。我们会随身备好几大杯风味咖啡,胳膊挎着胳膊,什么也不想,优哉游哉地闲逛,在古玩店里巡视,这些玩意会带给我很多遐想,令我沉思良久。

在这样的时刻,我总会给自己找些理由,告诉自己我只是出于好玩之心,用这些小玩意装点我们的牧场,让它看起来更迷人,让孩子们觉得更新奇。尽管每样东西都超出了我的购买能力，可看看是不收费的。我的眼睛像探宝者一样放着光，每次光顾，我都会给自己打气，也许今天，我能发现一些不同寻常的东西。

特洛伊和我从一个通道走到另一个通道，眼睛漫无目的地巡视着摆出来的一排排的东西。我的心自由自在地漫游。当我们放松、快乐地走来走去的时候，就像身后有午后的微风轻轻推动，风吹到哪里，我们就停在哪里。

我们转过通道的尽头……这时我看到了它。我不由自主地脱口而出"哦"，走上前把它拿在手里，记忆的洪流开始冲刷我的心房。它光滑、冰凉的表面是我非常熟悉的，一如我 7 岁时抚摸它的感觉。这匹马不是灰色的，它是一匹棕褐色的马，除此之外，他们如同出自一个模子。它就是那匹玻璃马，在我还是一个孩子的时候，住在我祖母家窗台上的那匹马，激发起我的梦想，在夜晚为我站岗放哨的那匹马。

我轻声向特洛伊解释着我对那匹玻璃马的记忆。7 岁时，我去拜访祖母米米时，它一直是我梦乡里的玩伴，总会在我卧室的窗台上等我。我 9 岁的时候，父母双双离世，我就搬到了那间卧室里——永久地住下了。

就是在那时，我开始想像这匹玻璃马不仅是我梦中的玩伴，更重要的，它是我的保护神。我希望它能保护我，在夜晚的时候不害怕，只有那时，我才能够安然入睡，不再去想失去亲人的痛苦。

从某种意义上来说，这匹玻璃马已经变成了我的保护神,在我儿时的睡梦中,它保护着我,现在,它代表着一个有成就的人生。再次看到它,我的心突然完成了一个轮回。

我还陶醉在无谓的解释中,这时,特洛伊一声不吭地从我手中接过玻璃马,举起来观察,脸上挂着那种温柔、通晓一切的笑容,无需语言,他向我传递着他的理解。手挽着手,他领我来到小店的前面,朝收银台走去,他为我买了那匹玻璃马。

我与祖母坐在她家那扇朝西的大窗前,瀑布山脉的景致尽收眼底。阳光像一条发着金光的毯子,倾泻在我们的周围。星期一是我们呆在一起的日子,是我们特别的时间。我们一起吃晚饭,谈论着上次见面以来我们两人生活中发生的所有事情。描述特洛伊和我那次短暂之行的所见所闻,一个细节都没有落下。我还用了一些非常夸张的手势语,因为我的祖母已经是一个年近 90 岁的老太太了,她的眼睛几乎什么也看不见。

她仍然选择住在自己家里,一个人过。她越来越坚强的决心和越发强大的力量总是令我赞叹不已。我们一起追忆逝去的时光,一起憧憬美好的未来。我们无事不谈,在我们的眼里,那是非常珍贵的时刻。

我把在古玩店的经历讲给她听。我详尽地给她讲我是怎样找到那匹玻璃马的,以及随之而来的情感的泛滥。"奶奶,"我问她,"那个灰色的小马,以前一直摆在我卧室的窗台上,你还记得它吗?"说这话的时候,我们是在沙斯塔湖区的家里。

她的身体立刻转了过去,眼睛看着窗外,好像在回忆着什么。我则尽力填补她被时间洪流冲刷的记忆中的空白点。

她转过来看着我,大拇指拄着下巴,食指上下摩挲着双唇,像是回忆起来什么似的,她轻轻地点了点头。想想看,一个人双目失明后在那所房子里呆了 20 年,现在却要让她在头脑中回想出那匹玻璃马的位置,这有多难。就说我自己吧,我甚至连昨天中午吃了什么都想不起来了。

我告诉她,自从她和爷爷在 20 年前搬到班德来,我就再也没有看到那匹玻璃马了。我猜想可能是在他们离开莱丁之前,在搬家拍卖的时候卖了出去。

她大拇指依然拄着下巴,眉毛微锁,平和地说:"也许吧。"

说完她就离开了屋子。我在心里默默地责备自己,怎么没把那个棕褐色的玻璃马带过来,祖母看到它肯定会非常喜欢的。

我又想了一些别的事情,我怎么能够让那些对我意义这么重大的东西就这样悄悄溜走?我想可能是在我看到了那匹同样的马之后,我才真正理解了它的价值。在我笨拙地向特洛伊做出解释的时候,我才意识到那匹玻璃马具有多么大的象征意义。在现实生活中,它是我的⋯⋯

"亲爱的!你看!"

惊愕之中,我脑袋"腾"地转过去,看到我那身材瘦小的祖母正一步步地走进客厅。"你说的是这个马吗?"她满面春光地把它递给我。

"哦,奶奶……"

我从她的手上接过小马,举起它,顿时像小女孩一样,眼睛里噙满了泪水。那灰色的身体,那光滑的圆圆的表面跟我记忆中的一模一样。"是的,奶奶,就是它。"我的泪水早已夺眶而出。

"亲爱的,它是你的,它一直都是你的。"她把手放在我的手臂上说。这匹微笑着的小马是我生活之旅的象征。

把它拿在手里,就像拿着我心里的那个保护神。当我还是一个小孩的时候,我从来不会知道这匹小玻璃马的重要程度,现在我长大成人了,回过头来看,它的象征意义令我惊讶不已。

终于,我奔腾汹涌的情感漩涡逐渐退去,我的头脑又恢复了冷静,说:"奶奶,我想直到现在我才意识到……它是我的第一匹马。"

我的奶奶,我生命中最宝贵的人,凭借上帝的力量拯救了我生命的那个人,突然间病倒了。尽管那些爱她的人一直陪伴在她的身边,然而,在这本书完成的几个星期之前,它还是撒手人寰了,她用她的左手和她的右手去迎接上帝伸出来的手。在那一刻,我失去了我的祖母,我的母亲,以及我最好的朋友。但是事实是她并没有离开我。我将会再看到她,但在我的有生之年,我会紧紧抓住她注入到我生活中的力量、爱和希望。

永远怀念

贝丝·伊娃莱斯特

1913 年 5 月 25 日—2002 年 8 月 1 日

维克多的红棕马

Victor's Boy

在这段时期里，牧场总共接待了几十个团体，他们或是参观，或是骑马，或是做一些志愿工作。每个团体都带有自己的"风格"，所有的这些不同的风格组合在一起，着实为牧场增色不少。心灵之港工程就是一个非盈利的组织，它负责把城市中贫民区的孩子们与专业的演员结成一对，这是我们最喜欢的一个团体。在友情和信任的保护伞下，演员和孩子们为当地的一个演出在尽心尽力地彩排。

这个工程里面的孩子们尤其滑稽、快乐而且顽皮。微笑所到之处，他们确实能让所有的人表现出他们最好的一面，包括我自己，工作人员以及在场的每个人，我们总是期待与他们一起共度时光。

维克多是该工程的一个志愿者，他是一位演员，如同詹姆斯·厄尔·琼斯一样高大，威仪的气质与他温柔的声音和善良相得益彰。

孩子们像彩带一样顺着校车流动下来。我寻找着维克多，然而，时间才过去了不一会儿，这个快乐吵闹的场面就很快地占据了我的注意力。

我们牵出来 7 匹马,把所有的孩子分成两组,轮流进行刷马和骑马。兴奋的尖叫声逐渐减退成热闹嘈杂声。我转身一看,维克多的妻子,还有他们的两个漂亮女儿正朝我这边走来。

"维克多!"我呼喊着他的名字,同时搂住他的脖子,给了他一个热情的拥抱。即使他的反应和以前一样没什么两样,依然十分温文尔雅,但我还是觉察出他的心不在焉。

我注意到在我们平和的谈话中,他不失礼貌地和我交谈着,但一直上上下下地打量着周围。我下意识地轻轻转头想要看看他搜索的目标,他有些焦虑地问道:"他还在这吗?我的大男孩还在这儿吗?"

我立刻意识到他要找的是鲁克,是维克多在去年的时候喜欢上的一匹高大的驮马。

"是的,鲁克就在那边,"我指着那个大畜栏说,"我正在等待拴马区的人少一点时,好把他牵给你。"

我可以断定维克多根本没有听我讲话,像是有块巨大的金色磁铁在拉他,他迅速离开了。鲁克呢,就像得到了某种暗示,走到栏杆那,伸出身体欢迎他。

在逐渐缓和的混乱中我观察着他们,维克多像父亲一样温柔地抚摸他,用他的两只大手把这匹大驮马的头揽在怀里,我看到他正同鲁克低声说着什么。一个高大的人正在柔情蜜意地与一匹高大的马叙旧。

能够有幸目睹到这样一个真挚感人的场面,简直是太好了。

　　我继续看着他们，这时，特洛伊费力地穿过孩子们向维克多招手致意。这个大男人转身迎接我的丈夫，他的脸上洋溢着幸福的神采，从我站立的位置上，都可以感受到这种幸福。他看着特洛伊，脸上绽放着光彩，平静地说："你知道我是多么期待这一刻。去年我骑过这匹马，在我的心里……打那以后，我每天都在骑着他。"

纯朴的礼物

Simple Gifts

　　俄勒冈中部地区就像覆盖了一层 8 英寸厚的纯白地毯,使得每个声音都演绎成柔美的摇篮曲。这是 11 月份的一场罕见的大雪。对于单身母亲谢芮来说,它标志着与女儿开创乡村简朴生活的头一年。一年以前,她们从镇子上租用的一间小屋搬出来,来到了这个属于她们自己的房子,虽说是个公寓房,但却拥有几亩土地。她们肩并肩地一起奋斗,创造了她们梦想中的家园。在这一年当中,她们精打细算,进行了周密的计划,以便尽快实现过上好日子的梦想。

　　感恩节到了,随之而来的是圣诞节前的倾售活动。因为这是她们惟一的能买起东西的时节,谢芮和她的女儿在人群和车辆中吃力地穿梭,以便完成她们的圣诞购物。

　　被雪覆盖的屋檐底下,简洁的家因为有了几个小礼物的点缀,使她们得到了极大的安慰。身后就是他们刚刚采购的东西,母亲和女儿已融入圣诞的氛围中,带着深深的满足感,她们把少得可怜的圣诞装饰物悬挂起来。

　　节日的信件中既有祝福也有账单,和往常一样喜忧参半。一天的劳作之后，谢芮坐下来翻看这一天的一堆信件。她翻到一个熟悉的信封，里面通常附有一张资助支票，用来支付房屋的费用及女儿的抚养费。它的到来总是意料之中，令人放心的。当她打开信封，拿出支票时，脑子里总是想些别的事情。她倦怠的双眼只轻轻一瞥……一下子集中在那少得可怜的数目上。她两眼紧盯着支票，低下了头，拿着支票的手开始颤抖。

这个数目连通常数量的八分之一都不到。

灾难！没有那笔钱她就付不起房子的费用。顷刻间，谢芮感受到的圣诞节里购买礼物、赠送礼物的幸福转变成一种足以把人压垮的负担。当她的目光在温暖的厨房里扫视，那是她们新家的接待中心，她和女儿费了好大的劲才装饰一新的。谢芮的心在痛苦地锤打着自己，她绞尽脑汁地想着一件事情：她们该怎么办？

"请不要告诉任何人这东西是谁送的，"我的朋友，一个真正的慈善家，塞到我手里将近 12 张当地服装店的礼品券，"我相信你，会把它们送到那些最需要的人的手中。"

"上帝，请告诉我该送给谁，走在从工作地点到牧场的路上，"我祈祷着。

第二天下午，我们的家里迎来了女孩团体组织的一个集会。这个集会为女孩们提供一个安全的环境，在小组范围内，向领导者和同龄人讲述她们遇到的挑战和取得的胜利。女孩们相互祈祷之后，大家聚集到一起，就十几岁女孩子的一些问题,各抒己见,畅所欲言。

同时,母亲们在另一个房间里聚会。她们也以同样的方式相互支持,相互扶植。有一半妇女是单身母亲,在援助很少或毫无援助的情况下,艰难地养育着她们的孩子。任何形式的鼓励和支持总会激起这些身心疲惫的母亲发自内心的感激。

我悄悄地溜进去,带着匿名的好消息。我默默地把这些礼品券发出去,只简单地与每个母亲聊几句这些礼物的来历。大家都很感激,当我把两个礼品券放到谢芮的手中时,她握紧拳头,把它们死死地攥在手里,好像她握住的是方向盘。她闭上双眼,泪水顺着脸颊流淌下来。

整个房间鸦雀无声。

终于,她恢复了镇定,谢芮轻柔地说:"你们不知道这意味着什么,"她叹了口气,然后解释说,这将是她们第一个真正的圣诞节,她告诉我们她和女儿是多么地兴奋,在感恩节的采购中,她是怎样认真地预算,购买了她们需要的全部礼物,以及随之而来的那张缩了水的资助支票。

"经过许多次祈祷和审慎的考虑之后,我们俩一致认为这是惟一的选择,"谢芮说,眼睛注视着地板,"家是一个栖身之所,没有了它,我们也一无所有。我们一起决定只要能支付房屋的费用,我们会不惜一切。这很难……"

她擦了擦脸,疲惫但却得意地抬起了头:"于是,我们把买的每一件礼品都一一退了回去,加上家里其他的零碎的钱,我们终于支付了房屋的费用。"

谢芮慢慢地呼出一口气："我们认为我们今年的圣诞礼物就是我们的家，这是一个正确的决定，这就足够了。"她自信地扭动了一下下巴。

她又低头看了一眼攥在手里的礼品券："我从未料到会有这样的事，"她的声音渐渐变小，最后几乎是嘟哝道，"上帝是可靠的。"

在这一刻，大家一边享受着泪水的洗礼，一边走上去拥抱她，鼓励她。"我想，"谢芮擦了擦脸，若有所思地说，"我将用它给我的女儿买一件带有得奖运动员字母的夹克，这是她应得的，去年她的学习成绩是4.0，我一直都买不起一件夹克……直到现在。"

她看着屋子里一张张富有同情心的面孔，说："即使什么也没有，我们也得活下去，对此我们已经接受了，但是相反，这个圣诞节却成了所有圣诞节中最好的一个。"

看到这感人的一幕，我不禁想到了那个慷慨无私的人，是他的爱使得这一切成为可能。我希望这个礼物带来的快乐会飞起来找到他。我希望他了解在证实上帝的可靠方面他起到的作用，因为他沿袭了最伟大的送礼物人的传统，就是那个伟大的人使得圣诞节成为最好的圣诞节。

希望穿越季节升起来

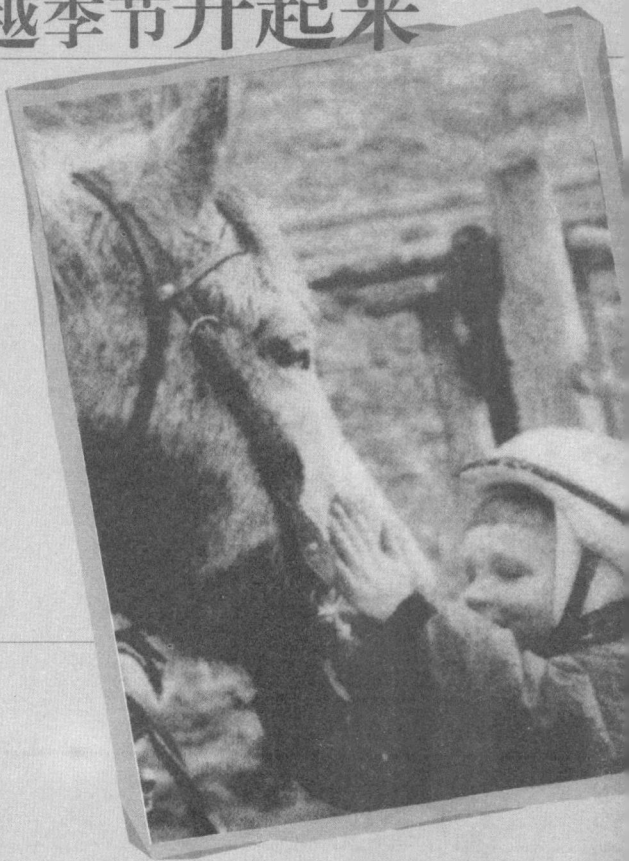

爱国者

The Patriot

　　一小队兴奋的孩子们在我们这 12 匹马中间到处乱窜，他们手里拿着各种装饰物，为即将到来的巡游表演做准备。摇动喷漆罐发出的哗啦哗啦声，和我们熟悉的弹珠子碰撞时的声音差不多，使得空气也变得快乐活跃起来。我的那些有耐性的马贡献出他们的身体，成了年轻艺术家的活画布，他们急不可待地给柔软的马皮漆上美国星条旗的图案，在阳光下闪闪发光。在早晨明亮的太阳的映照下，红的、白的、蓝的装饰物撒得到处都是，漂亮极了。这里，在快乐的喧嚣声中，我的心也跟着遨游起来，这是一年中最好的日子——7 月 4 日。

　　我看着这些身上满是油漆的马，像羔羊一样无辜地站在那里，脑子里立刻闪过一个想法，上帝，保佑他们吧，很快又被另一个想法代替，上帝已经保佑他们了。我的心在微笑。

　　时间差不多要到了。经过了所有的程序,包括疏松打理马毛、上光、喷漆以后,孩子们和马都已经准备好了。我四下巡视着,经过这场准备工作以后,地上零星散乱的碎片使得大地闪闪发光,仿佛人们光辉灿烂的微笑。

　　现在我们都准备好了。首先我要与那些满身都是星星碎片的孩子们分享今天到底是个什么日子。我把大家召集在一起,孩子们在前面,父母们在后面,然后开始和大家分享我对这个重大日子的崇敬心情,以及这一天到底有什么样的重要意义。我想让孩子们理解这个巡游表演不是为了他们而举行的,这不是他们的日子。它是为了纪念那些穿着军服的勇敢的人,是他们不屈不挠地服务于我们的伟大祖国,才换来了今天的自由。只有几个士兵能活到今天看我们现在过的日子,还有为数更少的士兵仍然能够在巡游中和我们一起共度节日。今天是他们的日子,是他们的流血才换来了我们的自由和独立,我们才能在和平的天空下享受生活。

　　我低头看着孩子们一张张坦诚、可爱的小脸,他们都在认真地听我讲的每一句话。他们正在感受,这个日子是多么的重要。通过我自己的理解,我尽力去解释这些勇敢的人们为了他们的国家、他们的家园、他们的小家和我们大家贡献出太多的东西。他们这样做是出于一种荣誉感,对他们,我们出于尊敬和感激也应该表现出他们的敬意。

　　我感觉到喉咙发紧,眼泪就要涌出。站在后排的一个母亲,显然很受感染,用手擦着眼睛。看着她同情之心的宣泄,我脆弱的情感堤坝顿时被冲毁了。我低下头,泪如雨下。

安静的时刻过去了。音乐声、马蹄声、货车的嘎嘎声统统汇成了巡游表演的大乐章,就要在我们的眼前奏响。时间马上就要到了,但是还有最后一件事我必须说说。

我柔声地请求孩子们,晚上和家人一起观看焰火的时候,不要忘了思考一些事情。"当你看着辽阔的夜空,你知道照亮黑暗的每道光,每个火花都会热烈地燃烧,然后把自己燃尽。记住每个火花都代表了赋予到其身上的一个生命。一个生命曾经辉煌灿烂,但总会燃尽自己,离开人世,这样我们大家才能最终获得自由。自由是来之不易的,它是由成千上万的人献出了他们的一切、他们的所有、他们的生命换来的,所以你我才能分享他们的胜利,才能分享他们用生命来捍卫的自由。我们今天的工作就是寻找在这里的老兵,对他们说声谢谢。"

我们抖擞精神,大步走上了巡游的路线。每匹马都如同旗杆上飘动的星条旗,他们这种令人自豪的装饰非常抢眼。欢呼雀跃的孩子们骑跨在饰有国旗图案的心爱的马背上,频频招手,从头到脚闪耀着爱国主义的风采。我走过去,牵着我的马和她年轻的骑手走在队伍的最后。

在画着星条旗图案的马和涂抹着红宝石色脸颊的人群中,我们艰难地行进着。我寻找着一个向老兵表达我个人感激的机会,巡游走到一半的时候,在年轻的脸庞和高高举起的黏糊糊的手指中间,我看到了他。

他坐在轮椅里,就他弱小的身体来说,这轮椅显得太大了。他因岁月而有些变形的手,重叠地放在盖着毯子的大腿上。他的身体明显受到了时间老人的摧残,但在他的满头白发上,却戴着一顶褶痕整齐的黄褐色军帽,上面还配有二战老兵的徽章。

纵使身体萎缩干瘪,这个人仍然散发着一种不屈不挠的精神,一种为国家做出了贡献的自豪精神。现在,在他生命的暮年时期,他想要人们记住他——记住他是一个老兵。他深深地吸引了我。

我只能想像他曾经是怎样的一个人。年轻、强壮而且真诚,不仅为自己着想,而且为更大的目标尽职尽责。那个年轻人没有离去,他的精神依然在老人的双眼里闪烁着光芒。

我连同我的马和骑手一起停下来,试图引起这个老兵的注意。我朝他轻击了一下牛仔帽,大声说:"谢谢你!"他带有分泌黏液的眼睛顺着声音扫视着周围,终于注意到了我,他的头猛地抬了起来。他微开双唇,两眼盯着我看,他的表情似乎在问:你在跟我讲话吗?

巡游队伍继续向前走着,但我左拐右拐让自己始终能看到他,希望他能够理解我,希望他知道我正在感谢的是他。这个时刻太重要了,不能让它就这样悄悄溜走。

他的两个眉毛紧紧地拧在一起,像是在努力地读懂我脸上的表情。他似乎没有意识到我只是在同他一个人讲话,所以为了让他看得更清楚,我摘下帽子,充满敬意地把帽子贴在胸口，直视他的眼睛——那渗透着年轻人的英武之气的地方，我一字一句地说："我们并没有忘记你为我们所做的一切。"

压抑了许久的回忆令他的脸痛苦得变了形，过了一会儿，沿着他那饱经风霜的面颊，他泪如泉涌。他用双手抹干眼泪，低下头，把头埋在摊开的双手里，双肩一抖一抖的，一声连一声的啜泣令他瘦弱的身体颤动不已。我回头看着他，直到一群忠诚的年轻志愿者挡住了我的视线。

哦，上帝，刚才是怎么回事？我一边沿着巡游路线往下移动，一边思考着这个问题。我的意图是要向老兵表示敬意，不是把他推向悲伤的浪峰上。我的心不免有些困惑不解，难道是我不经意间撕开了一个旧伤疤？还是我表示敬意的鲁莽表情让他想起了某个他几十年来一直试图忘却的场景？抑或是他的思绪又回到了异国的战场，在那里，他再次目睹了他的弟兄们的生命，像燃放爆竹一样，先是令人震惊的激情燃烧，火光冲天，随后就在他的面前熄灭？

在我同他讲话之前，这个老兵一直安静地坐在那观看巡游表演，似乎是我表达感激的笨拙方式惊扰了他。他想起一些什么事情？在他回想过去的时候，他又看到了什么才促使他产生了这样本能的反应？幼稚的我根本无法想像，更不用说去理解涌入他灵魂的那些影像。

即使我继续向人群挥手、微笑，心中却不时悄悄袭来一种迷惑。上帝，是不是我非但没能安抚他，反而伤害了他？在剩下的巡游时间里，我一直都在想着这个问题。

巡游结束,我们的周围又变成了一个表演区域,人群中传来嗡嗡的声音, 大家都在讲述穿过大街时的许多奇遇。我听到了许多的故事,都是关于我们这个小组的成员是如何把他们所有的爱、荣誉和敬意都献给了那些穿军服的人的,我真的太为这些孩子们感到自豪了。很清楚,对于巡游表演之前我试图传递给他们的信息, 他们都完全领会,而且还以孩子特有的天真质朴付诸实施。他们把荣誉献给了那些应得的人,他们向那些很久以前就赢得我们尊敬的人表现出了敬重。

这是非常成功的一天。只有一件事让我坐立不安,就是那个坐轮椅的老兵,与他碰面的情形一直令我很苦恼。这时,有人打断了我的思路。"金穆!"他是其中一个孩子的父亲,也是我的朋友,对我喊道,他招手让我过去,告诉我,他一直都站在老兵的附近, 在我们的巡游队伍离开他以后,他看到老兵哭了很长时间。

当我的朋友向我详细描述他所观察到的一切的时候,我的大脑又再现了那个场面。这个老人继续哭泣,很明显他是想到了自己的一些事情,受到了痛苦的折磨。

后来,无声的风暴终于过去了,他从衣服口袋里拿出一块旧手帕擦干脸,又仔细地放回去。擦眼泪的这个动作似乎具有某种象征意义,好像他把痛苦也同时擦去,接下来就是他的转变了。那个虚弱的老人,那个陷在轮椅里连头都无力抬过胸部的老人, 已经被泪水的洪流冲刷走了。这个获得新生的人,年岁还是很高,还是坐在轮椅里,但他费了好大的劲把肩膀使劲向后仰，直到后背靠在了椅子上，然后他把一直低垂的头向后向上移动，在宽阔的肩膀中把头摆正，呈现出一种立正的姿势。这肯定是一个相当痛苦的动作。

我朋友对于自己的所见的描述也反映出了我的真实想法：真正的爱国主义是没有年龄的界限的，不会因为时间久了或年纪大了而有所减少。

我永远无从知道，在那天，那个爱国者的心里发生了怎样的变化，也许他又回到了过去的那个战火纷飞的年代，在只有上帝了解的奋力挣扎中，他终于能够面对生活的种种厄运。因为上帝是仁慈的，战火的硝烟业已散去，他仍然昂首挺立。尽管今天的暴风雨来得凶猛、残酷，它却从今天一直吹到了过去。那个在战争中幸存下来的男孩转变成一个战无不胜的男人，即使现在他的身体瘦弱变形，但他仍是一个胜利者。

我的内心深处是英雄的居留之所。有些英雄的灵魂与我的灵魂挨得很近，还有一些英雄是我从未见过的。现在，我每每想到他——那个爱国者，我总是把他当做最可爱的人，是他激励我成为一个更好的人，我将永远把他当做我的英雄。

扔进水槽

Tanked

　　生日总是牧场里的特别事件。不管他是大是小,每当我们的孩子宣布"今天是我的生日",一系列暗中进行的秘密活动就开始了,停都停不下来。我们不唱那些传统的生日歌曲,只要你是个细心的人,就会发现领马员之间总是心照不宣,心领意会。

　　蛋糕和冰激凌总是大受欢迎的,但这些东西永远无法把我们的注意力分散开来。我们的那些温柔善良的工作人员会像柴郡(康乃狄克州中南部一城市)的猫一样裂开嘴笑,随后悄悄地变成一个专心的猎手。一旦这些"长大了1岁的人"被大家逮着,任凭他怎样讨饶、怎样讨价还价或是恳求都无济于事。

　　我们手脚并用,或拖或扛,他们抱怨着、尖叫着。当我们把猎物放到畜栏的门边,他们身体的扭动和大笑随即假装变成双目圆睁的恐惧。似乎连马都很喜欢这个献祭仪式。

　　当我们开始一边摇晃这不幸的牺牲品,一边数到"三"的时候,马儿们都聚集在一起,然后我们重重一抛,让他们飞进这个令他们难忘的一天里。当他们四脚朝天地趴在马的水槽里时,"生日快乐"的祝福声立刻像急落的小雨点铺天盖地流向他们。

庄严的誓言

Solemn Vow

　　从我那个可靠的老式道奇卡车上下来，12月份凛冽刺骨的寒风就吹到了我的面颊和耳朵上。天空像一条灰色的棉被挂在那儿，黄昏之前还会下雪，如同上帝之手掷向地面的亮晶晶的小饰物。

　　我已经长途驱车到这个破旧的牧场好多次了，之所以去这么多次，是因为我担心那群饥饿的马，他们牵动着我的心。这次，我要与牧场主见个面。我走过冰冻的路面，来到她等我的地方，给了她一个拥抱，同时脑子里面想着早些时候与她的一次对话。我有一种强烈的印象，面前的这个女人，和她的马一样，对于个人所遭受的巨大痛苦了如指掌。尽管我对于她的马匹的处境感到痛苦不堪，我仍然能够理解她需要我们的同情和尊重。

　　我们一起向马群走去，当一匹小黑马映入我的眼帘时，我倒吸了一口气。她的状况非常可怕，尽管她身上的冬毛很浓厚，我也能够看出她的身体极其赢弱，比其他马的情况要糟糕得多，但她身上的某些东西却吸引了我。

　　她的身体骨瘦如柴而且明显地发育不良，我握紧的拳头在她的两个前腿中间都通不过，然而雪上加霜的是，她是一匹被驱逐出马群的马。她的同类都抵制她，连矮树丛中的一点点可以作为饲料的东西她都无权得到，被赶到了一边。

她和我认识的那些孩子一样，渴望得到所有的身体和情感方面的滋养，他们才有再活一天的希望。而且与许多孩子一样，他们对此一无所知。她所剩下的时间已经不多了。像一个憔悴的孩子，她不愿意举起头，甚至都不愿抬眼看我一下。她的心已经被无法忍受的痛苦撕碎了，我的出现似乎在她的心里激起了更多的恐惧。像一个影子，她默默地贴着边走开了。

她让我想起了我帮助过的许多孩子，在长时间遭到拒绝的情况下，他们学会了退避到阴影中，什么也不说，什么也不想，也没有什么奢求。在这个大千世界中，他们逐渐枯萎，乃至死亡。我们都见过这样的孩子，在人群中，他们一直退后，不敢上前。这些孩子们宁可躲在角落里，虽说孤独，却会受到庇护，不会遭受更多的拒绝和困窘带来的痛苦。那些孩子们成了每个暴徒鞭打的对象，他们就像一件羊毛衫，缠结着任何能够想像得到的卑劣的附着物。他们虽然温和、无辜，但每个比赛他们都是最后入选的那个人。

对于许多这样珍贵的温顺的孩子来说，一天结束之后，回到家里，并不会令他们的痛苦有所减轻。家里没有安慰，没有安全，只是更多的辱骂和恐惧。对一些孩子来说，回家就像无辜的羔羊走向屠宰场。

我眼睛使劲眨了一下，思绪又回到眼前这个惨遭蹂躏的马。她脏兮兮的皮毛上就有遭到拒绝后留下的伤口作为见证。她与献祭之羔羊如出一辙。在她的同类，那本应是她的家人中间，却无人理睬，她像一阵无声的风吹过，又像无处寻求慰藉的被遗弃者。

我转向牧场主，一定要小心行事，金穆，我警告着自己。我试图用一种无动于衷的口气遮掩我此时急切的心情："那匹小黑马要多少钱？"

"她？"牧场主的语调表明如果这匹马要是出售的话，她的卖价一定会高得惊人。可牧场主接下来的话却使我对援救这匹马所抱的希望几乎化为乌有，她说："她不卖，我们饲养她的目的主要是用来繁殖，从而产出具有更高价值的黑白相间的马驹。"

我的表情看上去很淡然，但心里却像被匕首刺伤了一样痛苦。这匹马还不到 3 岁，即使她处于完美的状态，她也太小了，难以承担生儿育女的重任，而且她的身体状况实在是太糟了。她扭曲的前腿几乎难以支撑她那瘦弱的身躯。这匹马至少丧失了她正常体重的三分之一，仅为维持她目前的体重，她所摄入的食物都远远不够，更不说供给肚子里的小马营养了。对她来说，怀孕是不可能的……或者说是致命的。

我心里的动荡不安在表面上一点也看不出来，我什么也没说。后来，我们又谈到了许多其他的马，还有很多其他的事情，但在我的内心深处，我一直在想着那匹马。我的心里闪过一个又一个情节,试图想出一个办法与她协商转让马的事情。我在心里祈祷:上帝,请给我指明道路,请告诉我如何帮助这匹神圣的马。

电话终于打过来了,这是距上次看到那匹黑马 6 个月以后的事情。她空洞、沮丧的目光一直萦绕在我的心头。现在,她弯曲的双腿依然令她摇摇晃晃,但她可以出售了。关于购买她的一些事情是在我与牧场主的谈话结束后协商成功的。

两个星期以后,我的一个高级工作人员莎拉和我一起踏上了 4 个小时的行程去营救那匹马,把她带回家。一路上我们兴奋地聊着天,"所莱姆"(我们给她取的名字)的转让是对于我们的祈祷的兑现, 我们知道这是个正确的祈祷,我们也知道一切都会好的。

我们终于驶入了私人车道。我们小心谨慎地设法在生锈的旧汽车间行驶,然后通过了一堆堆烂木头和废弃的用具,试图寻找一个安全的地方放置我们的拖车。我们期望这将是所莱姆惟一的一次被装入拖车的经历,我们想尽可能地减轻她的恐惧。我们刚刚把车停下,莎拉和我就热情地同牧场主打招呼。我们一起绕过一大群用链子绑着的狗,禁不住用手捂住耳朵,不忍心听到他们狂乱的叫声。最后,我们来到了一摇摇欲坠的畜栏里,马就在里面拴着。

每向前走一步,我的喉咙就会紧一点,也许时间让我对她的记忆有所冲淡,但是退去了"冬衣"的掩饰,她的样子更加令人触目惊心。她隆起的脊柱高耸在胸廓之上,锯齿一般参差不齐,宛如恐龙骨的展览。她的胸骨向前突起,比周围的皮肉高出 3 英寸,像个船头似的。她骨瘦如柴的髋部凸起得十分厉害,好像能够切穿竭力盖住骨头的脆弱的皮。她的腿、后背和臀部的皮肤呈锯齿形,上面还有凸起的伤口和缝针——都是两个星期以前的新伤。她脸上的伤很糟糕,腿上的割伤就更惨了。本来伤口一出现就应该立即缝针,可现在已经太迟了,伤口已经裂开,上面凝着血块和粪便。伤口很有可能已经感染了。

我的心剧烈地狂跳,脖子和头皮一阵刺痛,一种愤怒的情感袭遍了我的周身。当我们朝畜栏走过去的时候,牧场主还在那里优哉游哉地喋喋不休。我悄悄地扫了一眼莎拉,她的眼睛散发出一种压抑许久的愤怒和痛苦的光芒,漂亮的双唇挤成一条难看而扁平的线。我知道她在尽力控制自己不讲话,等到我们安全地回到卡车上那个私人空间再说。

看到我们走近,所莱姆几乎在浑身颤抖,她的头用力拱向一个角落,但由于在柱子上拴着,这种躲避我们的努力变成了一种徒劳。她的腰臀部在剧烈地抖动,像风中吹动的杨树叶子。我想哭,我想尖叫,我想把她的头抱在我的胸前,向这个饱经忧患的生命保证,她再也不会受到伤害了。

但是我不能这样做,相反,我们静静地在一旁观看。这匹受到惊吓的马简直太可怜了,因为不堪西式马鞍的重荷,她微微地战栗,嘴里的马衔由弯铁制成,这毫无疑问给她凄惨的身体状况雪上加霜。每次触摸都会令她突然后退一下，像是遭到了电击一样。她鼓胀的眼睛发着白光，似乎在为自己的恐怖生活无声呐喊着。

最后我实在是忍无可忍了。我尽量小心不让自己的语气有什么不同，我请求牧场主卸掉马鞍和马勒。然后我们签署了一份临时的销售单，我把该付的钱付给她，同时祈祷所莱姆会容许我们把她装到拖车上，而且不让身体在受到什么伤害。

在莎拉和我轻柔的鼓励下，我们终于把她领到了敞开的拖车里。面对敞开的车门，她伸出弯曲的左腿，就像一只小长颈鹿低头喝水一样。她打着响鼻，由于恐惧眼睛都鼓起来了。

当人们试图把马装入拖车的时候，对一匹受过惊吓的马来说，有时候他会拼命地挣扎，导致自己受伤，甚至会造成自我毁灭。亲爱的上帝，我静静地祈祷，请不要让所莱姆碰上这样的事。

我们让她静静地站在那里，给她时间去研究和接受横在面前的这个幽闭恐怖的奇怪家伙。牧场主漠不关心地在她身边走过，胳膊底下夹着一大捆草来到拖车里。根据我的经验，对于马来说，饥饿永远战胜不了威胁生命的极度恐惧，但此时我欲言又止。这个傲慢的想法刚一在我的脑子里产生，就见这匹马两眼紧盯着那个能够给予她生命的东西，她的野性征服了自己。她朝食物踉踉跄跄地走过去，好像没有意识到她的脚已经在拖车上了。她努力地想得到更多的草，生怕像以前一样，又一次地被轰走。我吃惊地看着眼前的一切,心里不免有些悲伤,我在她的身后悄悄地把门关上。

我在拖车的一侧透过窗子观看她,她巨大的眼睛仍然充满恐惧,但却在一刻不停地吃草。

我们快速道别,从她的庭院里出来,驶上了高速公路。车开得很慢,就像拖车上拉的是一匹玻璃马——她的情况几乎如此。对于她来说,任何突发的震动都可能把她推向拖车的地板上,成为一滩烂泥。

莎拉一直在压抑自己火山般的愤怒,当我们一超出他们听力所及的范围之时,她的愤怒就爆发出来了。对于这样的事情,我们是屡见不鲜,但却无法对此熟视无睹。当我们渐渐地与他们拉开距离,离自己的家越来越近时,我们都轻松地长出了一口气。莎拉和我又回到了我们正常的对话节奏,我们一起筹划着帮助所莱姆的方法。

她刚一安全地到达牧场,我们就忙活开了。我们给她注射疫苗、驱虫,然后把她安置在一个隔离圈里。我们测量了她的身高和体重,作为衡量以后进步的基准。即使我们尽一切所能在她身边安静地走动,她仍然可怜地颤抖着,痉挛着,像是在风中劈啪作响的一面破旗。我们处置了她所有的伤口,包括腿上的那个渗血的创伤。只要我们不让她离开她所吃的食物,我们做什么都可以。

第二天,她的状况看上去比以前好多了。对于极其瘦弱的身体来说,简单的水合作用就产生了巨大的影响。

所莱姆刚开始的进步是突飞猛进的,但经过几个月之后，进展就不是很明显了。她的身体变得比以前强壮了，但我们注意到了一个情感上的变化。当有人走近她时，她不再退缩，由于力气有所长进，她掉头就跑。她的身体在逐渐改善，而她对人类的信任却没有恢复。就像许多遭受虐待的孩子一样，生活对她来说太残酷了，而且这样的生活持续的时间太长，信心被贬低到怎样的一个程度，以至于再也无法修复？我不禁产生了疑问。

我每天都去她的畜栏，希望尽快地与她搭建信任之桥。然而令我感到悲哀的是，她开始了那种习惯性的躲闪的动作模式。我们之间需要建立一个新的基础。"把我当做一匹温和的头马，"我告诉她，"我永远不会伤害你，你是我的马，我将用生命来爱你，我所要求的一切就是要你信任我，转过身来面对我。"

这太令人灰心了，经过了这么长时间，她还是恐惧得连看都不敢看我，更不要说把身体转向我了。每次都是以同样的方式结束。我会慢慢地接近她的侧腹，轻轻抚摸她的髋部和后背，我的手缓缓地画着圈一寸一寸地移向她的肩膀，在这个位置我花的时间最多了。然后尽可能向上够，抚摸她那颤抖的黑皮肤。她几乎总是低着头站在那，紧紧地贴向栅栏的一个角落或其他可能藏身的任何地方。我不愿意看到这个威严、强壮的生物在我的触摸下畏畏缩缩。

随后没有任何征兆地发生了一个巨大的变化，就像一个小裂缝穿透了守护所莱姆心门厚厚的恐惧之墙。突然之间，她不再企图逃脱了，她停下来，低下头，看着我，听到我惊愕的吸气声,她转过身来看着我!一切都停止了,包括我的心跳,我屏住呼吸,生怕任何一个动作都会把她吓跑。她的眼睛睁得很大,露出质疑的神情,她的头上下摆动,左右倾斜,一会儿采取的是突然逃走之前的高度警惕的姿势,一会儿又是请求接受的低落、屈服的体态,在两者之间游移不定。

我慢慢地转过身去,鼓励她跟着我走。时间在我们之间匆匆滑过,于是,我谨小慎微地朝她走过去,她的头和脖子向上拱起,可她的蹄子却坚如磐石地立在地上。

我停下来,她的脖子开始放松,然后头部一点一点地伸向我,我轻手轻脚,像月亮缓缓上升的样子,把一只手指放在她天鹅绒般的口鼻前,我小心翼翼地回头看,只见她的鼻孔微张,正在试图接受我身体的味道。这个审视的过程似乎令她很满意,她没有后退,现在她站立的地方离我只有几英寸这么近。

如天使亲吻那般轻柔,我轻轻弯曲食指抚摸她两个鼻孔之间的部位。我的触摸就像蝴蝶的翅膀一样轻盈,这是她第一次站在我的身边寻求我的手带给她的安慰。这个时刻让我的心底涌上了一股暖流。从那以后,每一天她都比前一天有所进步。她允许我触摸她的口鼻、她的脸颊、她的前额——然后是她的脖子和身体。与她在一起就像穿一串昂贵的项链,每次只能穿上一个珠子。每一个进步都会带给她一阵赞扬之声,不管这进步是多么地微不足道。每一小步就其本身而言似乎不算什么,但我知道"不积跬步无以至千里"的道理。

孩子们和工作人员也开始做她的工作。他们定期给她刷洗、梳理、剪毛和洗澡，在他们的精心照料下，她像初夏阳光下的玫瑰，开始茁壮成长。伴随着情感上的变化，她的身体状况也迅猛改善。在短短的几个星期之内，她的体重就增加了130磅，先前还是瘦骨嶙峋的身躯，现在淡淡的斑纹已经开始出现在她闪亮的表皮上。

即便如此，她信任的水滴也只是汇成了一个小小的溪流，防护她恐惧心灵的堤坝依然牢牢地立在那里，阻止她公开表露自己的喜好。她对人类仍然充满着深深的不信任感。我不知道她会不会有所突破，她能否成为一匹对人有用的马？她能否跨越那道特别的门槛成为孩子们的最爱？

桑德拉一个人坐在航空公司与外界隔绝的轰隆隆的飞行舱里，现在她在位于瀑布山上方15 000英尺的高度上，她的思绪就像身下雄伟壮观的山峰一样，连绵起伏。

她刚刚经历了一场艰难的离婚，独自一人带着3个十几岁的孩子。现在，她穿越美国从一个城市跳到另一个城市，她已经下定决心，要找一个合适的地方，安全地抚养和照顾她的家人。

她最大和最小的两个孩子都非常聪明，而且在学习上也很有天分。他们非常活跃，就像雏菊一样，种在哪里就在哪里生根开花。但是排在中间的女儿爱米丽却在极力地适应这个新生活，爱米丽拥有艺术家一样的心灵，她的感情就像柔弱的小嫩枝,在那些轻率的同龄人的践踏下,极易受伤、受损。她是一朵正在含苞待放的脆弱的玫瑰花。每天,爱米丽身上所特有的本质和柔情就像花一样,一瓣一瓣地静静地被风吹落。她需要一些什么特别的东西或是什么特殊的人,一些专属于她的东西让她倾注自己的情感。她需要它,刻不容缓。

向下凝视着被雪覆盖的山峰,桑德拉感觉内心激起了无限希望。那些山就像多年不见的老朋友一样召唤着她,他们轻声低语,安抚她那颗受伤的心。它们成了她答案的一部分,她的灵魂不再受到飞机里狭窄空间的束缚,她开始遨游起来,像一只疲倦的麻雀飞到上帝跟前,在生活的无情风暴中找到安身之所。

只要是个安全的地方,就会让我们停下脚休息,休息之后就是思路的理清。在低语的群山之上,桑德拉已经把她最近的将来具体化了,她决心已下。身下安然地栖息在群山之间的社区将成为她一家人的新家园,一只疲倦的鸟终于可以安全地停下来了。在上帝的注视下,他们终于可以筑巢栖息了。

桑德拉做好搬家到俄勒冈洲中部的决定之后就打电话给我。她对孩子们的爱从电话线那端传递过来。她对爱米丽表现出了特别的关心,那个排在中间的极具天分的孩子,似乎很难适应他们的新生活。我鼓励她在下个星期六把她的两个女儿带到牧场。

当她们的车蜿蜒上山,停在我们的大庭院里时,此时的牧场正宁静地躺在凉爽、明亮的午后天空下。我第一眼看到的是桑德拉充满智慧的黑色大眼睛,戴着怪怪的圆框眼镜。她从容的笑声表明她的家里总是充满着孩子们的笑声和有趣的事情。然而她目光的深邃却表现出了内在力量的强大,就像一只凶猛的母狮随时做好准备保护她的幼仔。我立刻喜欢上她了。

她把我介绍给她的两个女儿,爱米丽和劳伦,一个十四岁,一个十六岁,两个人都属于那种天真、漂亮、机灵的女孩,但她们又都不晓得自己是多么地可爱。她们很热情,只是有一点点害羞。我带她们仔仔细细地参观了我们的牧场,最后只剩下一个畜栏了,我正在靠我的宜觉行事。

"这些都是我们今年援救的马,"我告诉这两个女孩,我叫出每匹马的名字,同时给她们讲述每匹马来牧场的经过。三匹好奇的小马把身体探出栏杆的窟窿外,高高兴兴地搜寻着每一只伸进去的手,或是得到点好吃的,或是接受一阵轻轻的抚摸。

两个女孩一边格格地笑着,一边挨个摸着马的口鼻,问候这些好奇的小马驹。我在成千上万张脸上看到过这种快乐的神情,但我仍然乐此不疲,总是深受感动。女孩们急切地探索着面前的这些生物,把注意力全都投入其中。她们的嘴微张着,露出甜甜的笑容,姐妹俩的内心充满了惊异,眼睛里闪动着爱的光芒。在那一时刻,她们完全着迷了。

接着,让我大为惊奇的是,所莱姆像一阵风一样轻盈地走向我们。站在这匹小马的背后，我看到她黑色的口鼻正伸向爱米丽摊开的手指，这一点不容置疑。

接触——与一个完全陌生的人。

尽管我很震惊，但我仍然想知道，在情感的方面上，这个女孩和这匹马是否也是陌生人，爱米丽转向我露出喜悦的笑容，"这匹马叫什么名字？"她抚摸着马的脸颊问道。

"叫所莱姆，"我告诉她，好奇地观察着这个巨大的突破。女孩当然不知道正在发生的事情有多么重要了。"爱米丽，"我说，"我有个主意……"

我们只用了几分钟的时间，就把所莱姆装扮一新。满面笑容的爱米丽把她牵到圆形的围场上。我们首先要了解马的基础知识，我简要地给爱米丽讲解马是如何与人交流的，以及我们希望得到马怎样的反应。我鼓励爱米丽放松，慢慢地围绕场地的中央走，这样我就可以从后面控制她的动作。

所莱姆开始慢跑了，我不停地对爱米丽耳语，向她解释马正在做的事情——轮流寻找逃脱的机会和希望被接受。我也告诉她马是怎样理解我们正在做的事情的。

黑色的马腾开四条长腿优雅流畅地慢跑着，围绕着我们跑动，我笨拙地蹲伏在爱米丽的身后，来协调我们两人的动作。我告诉她我们的所作所为可能不会对她发生什么影响，到目前为止，所莱姆还只是一匹受到惊吓的马，对人类恢复信任的这种突破远远地超出了她的能力范围。有些人甚至认为她是一匹桀骜不驯的野马。

所莱姆在一个封闭的围地里小跑,不时地张望着中央的女孩,这个女孩迫切需要人们接受她,接受她现在的样子,等待着成为一个大家心目中的好女孩。

理解的眼神在爱米丽和所莱姆之间来回交流,她们都过着类似的生活,同样遭到拒绝的致命打击,同样地远离于别人,内心也是同样地孤独,双方的理解开始在比语言还要深刻的层面上发生。

这时,马跑的圈不再是那么完美的了,她有些摇晃,跑出了不规则的图案。任何一个驯过马的人都会发现这种微妙的变化。刚才还是那种小心打量的眼神,现在则变成了柔和的邀请,这邀请渐渐变成了一种无声的请求。

双方像电路一样,进行着充分的没有语言的交流。她们似乎看到了对方的内心,在那里找到了她们自己的影像。基于她们共同遭受的痛苦,她们逐渐向对方靠拢——女孩和马,双手和皮毛。马突然向围场中央走去,她慢慢地走着,停在距离爱米丽几英寸远的地方。

"哦,我的天啊!"桑德拉喘着气说,本能地把手移向自己的脸,她知道所莱姆的背景,了解她对人类的不信任,她在怀疑和诧异之间踌躇不决,桑德拉当然了解这一刻对她女儿的影响。我悄悄地从围场里退出来,把爱米丽和所莱姆单独留在那里。

她们俩谁也不想再孤独了,她们脸对着脸,黑马对金发女孩,她们相互补充就像盐与辣椒,黑夜与白天,各自为对方填补着空虚。

　　桑德拉死死地抓住门的上方,观察着女儿,这个孩子的内心突然间变得丰富起来,她像鸽子一般轻柔,爱米丽把手放在所莱姆的前额上开始慢慢地来回抚摸她,另一只手则捧着小马的面颊,亲吻着她天鹅绒般的口鼻。

　　爱米丽的唇边发出几乎难以听到的格格声,我扫了一眼她的母亲,桑德拉的眼睛炯炯有神,泪水顺着脸颊滑落下来。

　　从圆形围场坚固的大墙后面, 我要求爱米丽转身,离开所莱姆的身边。我想让她知道马是出于自愿,故意地接近她,我想让她知道这不是巧合。

　　爱米丽舍不得离开这个自己刚刚找到的温暖的新伙伴,尽管不情愿,她还是照我说的做了。走了十几步之后,她停了下来,一个黑色的口鼻轻轻地触碰着它的后背。一瞬间,她突然意识到发生了什么,脸上立刻绽放出足以熔化钢铁的笑容。"妈妈!"她喊道,这是她喊出的第一句惊叹的话,很明显,这件事令她快乐不已。

　　桑德拉目瞪口呆地观察着这一切,这匹遭遗弃的马选择跟随这个不受欢迎的女孩。这个过程重复了几次。爱米丽转过身,走向所莱姆站立的地方,举起双臂,紧紧地抱住所莱姆的脖子,把自己的脸颊贴在所莱姆的脸颊上。

　　在门口处,桑德拉用双手的手背抵住低垂的头,大声地抽泣着。对于母亲和女儿来说,在一阵奔涌的洪水的冲刷下,她们的痛苦之墙已经坍塌。

　　我看着女孩,又看看马,爱米丽的双眼紧闭着,小马的眼睛则如梦般地般半睁半闭。她们互相靠在对方的身体上休息，从对方身上获得慰藉。脸颊贴着脸颊，她们的姿势象征着一个医治心灵创伤的无声的承诺。在她们俩之间，这承诺变成了她们庄严的誓言。

快速前进

Fast Forward

孩子有一种与生俱来的感觉，他们知道什么时候去亲吻那些需要亲吻的人，什么时候去拥抱那些需要拥抱的人。

马修和我刚刚牵出他最喜欢的叫做茉莉的阿巴鲁萨马，她16岁左右，14揸半高，我觉得对于这个忙忙活活的6岁男孩来说，她的大小和脾气秉性正和他是完美的绝配。马修给一分钟里注入的生活内容要比其他人一个下午的生活内涵还要丰富。

我们一起装饰马，他以一阵机关枪扫射的速度，问了我一大堆问题。任何一个工作，马修都带着十足的热情和百倍的激情来做。他的动作和话语的速度要比正常人快两倍。清理马蹄这样一个简单的行为很快便升级为与假想敌人的激烈战斗。钩刷一下子变成了消灭敌人的神奇装置。当然了，整个场景都配备了栩栩如生的声音效果。

与马修呆在一起就像站在瀑布的附近。在毫无察觉的前提下，他对生活的热情会像轻轻的薄雾一样笼罩着你。不久，我也会同他一样，浸润在这种快快乐乐的纯粹的生活当中。

马修能够让任何一个大人全然不去理会成年人与孩子之间的那种界限，可以令他们再度像孩子一样地生活。你能跑的时候，为什么要走呢？你能喊叫的时候，为什么要小声说话呢？你能在草地上打滚的时候，为什么要走着过去呢？我们要去亲身经历的生活实在太多了。

马的修饰过程结束之后，我们几乎是跑着到了马具房，我一只手递给马修一个马勒，另一只手伸过去够一个小马鞍。牧场上热闹非凡，不一会儿，我就发现自己被那些领马员和孩子们挤到了一个角落，过了好半天才终于能够挪动了。我胳膊上挂着马鞍、垫子和头盔往门那边费力地走，当我穿过门廊时，我扫视了以下四周———一辆疾驰而来的火车也不可能让我这么快就停下来。

马修躺在茉莉的身下，看上去像是头朝下的样子，夹在她的两个前腿中间！他的小身体正好蜷伏在她的肚带下面，他的小胸膛紧紧贴在她前腿后面的地方，一只手伸出来向上够到她的后背。

幸福的茉莉正在跨着步舒舒服服地享受着这一切，我小心翼翼地走近他。"马修，亲爱的，你没事吧？"我用一种平静的声音问道。

他把头转向右边，左耳刚好贴着她胸部的肌肉，像是被丘比特的箭射中了一样，他的眼睛充满爱意地向上看了看我，宣布说："我就是爱她！"

"哦，我的天啊，你正在拥抱茉莉！"我像如梦初醒似的喊道。现在她的扭曲的姿势恰好说明了这一点。毕竟你就是这样拥抱自己的母亲的,胸贴着胸,手臂环绕着她的身体。

"太美妙了。"我轻轻地哼道,用手轻柔地抓住他的手腕,把她从那匹有耐性、带斑纹的灰色母马的身下拉出来。

我领着马修来到她鼻孔中间那个天鹅绒般的部位,给他的爱又指明了方向,大笑着说:"我想她现在需要一个吻了!"

协商者

The Negotiator

小黑马到达牧场的那一天，我们大家都竭力使自己在看到这匹马的时候不至于吓得后退。所莱姆的身体状况非常可怕，她对人类高度的恐惧更使她难以接近。那些"乐善好施者"终于一个接一个地放弃了，他们把拿来的胡萝卜或谷物放在地上，然后就无奈地离开了。只有一个人除外，那就是希爱拉。

希爱拉对这匹小马的着迷程度就像追逐阳光的向日葵。我给她讲了小马的背景，她贪婪地听着每一个细节，直到后来我说还有一些马在那里，无人理会，也许还有 20 匹马仍然处于孤立无援的境地。这时她什么也听不进去了——这件事就像一个冰冷的箭刺穿了她的心。

后来我得知，在那天晚上，那个每天都非常认真地处理好每件事情的女孩，静静地回到自己的卧室里，只有在那，独自一人，她才可以让自己的心情恣意悲伤，才可以喷涌出一股股同情的泪水。

在那几天里，希爱拉总是请求看我手里有关其他正在遭受折磨的马的照片。知道还有其他的马需要解救，她几乎寝食难安。最后，她把她的简单计划告诉了我。她以一个14 岁女孩特有的睿智说：“我一直在努力攒钱买一个马鞍，也许……也许这些钱就够了。”

这笔钱是她花了一年多的时间才攒起来的。

如果能够征得父母的同意，希爱拉希望用她的这笔积蓄来购买其中一匹正在饱受苦难的马。她理解自己家的“财政压力表”已经处于红线区，并且拥有一个大动物只会增加这种压力的紧张程度。

希爱拉与爸爸交谈，把她心里的想法像设计地图一样和盘托出，征求爸爸的意见。介绍完情况后，她就无声地把照片递给爸爸。他一张一张地浏览着这些照片，凝视着一匹匹可怜的马，时间一分一秒地悄无声息地流逝着。

希爱拉看着爸爸同情的双眼渐渐噙满泪水，又过了一会儿，终于，他用一种温和、嘶哑的声音说道：“亲爱的，我为你感到自豪，”他清了清喉咙说，“你先考虑到别人的需要，而后才顾及到自己的需要。你本来可以把这些钱花在100 件不同的事情上——那些你自己需要的事情上，但是相反，你却想把钱给另外一个更需要它的人，我为是你的爸爸而倍感自豪。”

6 月的最后一个星期六是我们一年一度的马具销售和马匹交易会，这是有意思的一天，同时还可以为牧场筹集资金。多亏了我们的工作人员和许多志愿者的慷慨资助，如今，它发展成了一个了不起的大事。我们这些来自牧场的所有人员都很受感动，同时谦和地感受着我们社区的慷

慨无私,他们贡献出他们的时间和精力来帮助我们渡过难
关。我们遇到过许多令我们肃然起敬的人,交了几十个新
朋友。

有一位心地善良的牛仔,在马匹运输生意的安全性方
面享有很高的声誉, 他为我们的慈善抽签售卖活动捐赠,
可以免费使用他华丽的可拉 6 匹马的拖车,以及提供长距
离的运输服务。成千上万个参加交易会的人购买抽签售卖
的彩票,希望能够赢得免费服务。4 点钟的时候,获奖彩票
被抽了出来,结果当场宣布。

赢得彩票的人已经回家了,所以我有幸打电话向他传
达这个好消息,电话铃响了一遍又一遍,我心里暗暗希望
不要碰上电话应答机。

终于,一个年轻的声音接了电话,我脱口而出:"希爱
拉,你赢了,你赢得了免费马匹运输!"我可以听到她在电
话那头兴奋的尖叫声,我继续说道,"我想上帝就是要帮助
你实现你的援救计划。我们定个日期……"

在几天之内,所有必要的安排都已经就绪。希爱拉
的救马行动将在两周后开始。

在这段时间里,希爱拉与她的许多朋友分享了这个美
梦。那天早上,在我们定好的约会地点,已经先到了 12 个
女孩子,她们都希望和我们一起完成这次行程。一些人来
是为了表达她们的支持,还有一些人兜里揣着钱,想要效
仿希爱拉勇敢而无私的行为。

本来是一个人发起的梦想之旅,现在,她的身后却站

着一小队人马,她们都不遗余力,各尽所能。不知不觉地,希爱拉成了一个积极的无私行动的领导者,让她的同龄人竞相效仿。

我们坐着篷车出发了,开车的人是我们的一个新朋友,他贡献出自己的时间娴熟地为我们开着拖马的车。行驶了很长一段距离后,我们停下来,在上山通道的休息区放松一下。

我再次提醒这一行人,她们将要看到的是一些惨不忍睹的场面,我警告她们无论情况有多糟,都不要哭,不要尖叫,或者有其他什么过激的行为。我告诫她们如果实在忍受不了,就静静地走到一边,一个人躲着哭一会儿。"我们的主人需要得到我们最大的善意和尊敬。"我知道任何评判性或情感上的行为都无助于提高我们协商转让那些马的能力。

大家表情严肃地点了点头,表示对我所说的话的认可。我观察着她们,她们咬紧牙关,决定勇敢地面对即将发生的未知事情。我们默默地上了车,出发上路,开始了最后的一段行程。

孩子们非常勇敢善良,我们穿行于散布在破破烂烂的牧场上的畜栏中间,不时地有一小组的人走散了,回来时脸上的眼泪已经被擦干,她们又重新挺起胸膛。即使目睹到那种肠子扭曲的场面,女孩们也能很有技巧、很礼貌地应付眼前的状况。

看过那些要出售的马之后,孩子们聚到一起开了一个小会。她们秩序井然地决定着哪些马最需要帮助,讨论着卖方可能接受哪种报价。

我们大人只是站在一旁,帮助协调她们的决定。她们独自一人手中的钱都不足以购置任何一匹马,但我充满敬意地观看她们,这些女孩们走到一起来,像打火石撞击每个人手中的铁器一样,把这些火花组合到一起,就会形成一场大火!把每个5分硬币、10分硬币和1美元放到一起,她们的财力足以为至少4匹马打开监狱的大门。她们向牧场主提出了整批交易,凭借着那种初中生特有的说服方式,她们的报价被接受了。

她们成功了!在那个令人心情激荡、疲惫不堪的一天就要结束时,拖车上面拉着4匹马,驶离了那个遥远而破旧的牧场。这件令人震惊的伟大壮举不是依靠法律强制执行的,也不是由一群义愤填膺的大人完成的,更不是凭借动物权益组织干预的。这个成绩完全归功于几个小姑娘。

所有这一切都源于一个普通女孩的信仰:她能够让世界有所不同。

新陈代谢

Southbound

在炎热的天空下，我摘下湿乎乎的帽子，擦着前额的汗，干草潮湿的清香味道逐渐扩散到我所有的感觉器官。我深深地吸了一口气，迅速地戴上帽子，把刚刚割下的一捆干草投掷到装货平台上。

我辛苦地劳作着，弯着腰，躬着背，二头肌也高度紧张，这时我抬起头，看着地上蜿蜒曲折的干草，就像永远割不完似的。

谷仓里漂浮着绿色的粉尘，溅到我湿乎乎的脸上，有点刺痛的感觉，可我没有时间擦一下。干草输送设备发出轧轧的声音，把一捆捆无尽的干草输送到无情的机械手中。已经是黄昏时分了，星星在东面的地平线上眨着眼睛，干草输送设备一直响到了晚上。

黎明逐渐给大地洒上了奶黄色的光辉，我疲惫的双手把刚刚捆好的一堆堆干草举到手推车上，再运到每张饥饿的嘴边。每匹马在这堆新草中都得到了极大的满足，马嘶声被满场的咀嚼声替代。一个任务完成了，另一个任务随之而来。

推着粪车，手里拿着叉子，我沉思着生活中的一个大谜团。当我叉起一堆堆经过了新陈代谢的草，古老的问题再一次嘲弄着我疲惫的大脑。我站直身体，扫视着我的周遭。像是从干涸的溪床上收集到的光滑的石头，在拂晓阳光的照射下，马粪堆成了一个极其壮观的纪念碑。

我惊愕得一句话也说不出来，摇了摇头，数学和物理上的简单理论原则在早晨的微风中飘走，我再一次问自己："你怎么喂一匹马一吨的草……而代谢出来的却是三倍的重量？"

希望像夜空中的星星一样升起

奇迹

Miracle

不用说一句话，珍妮佛的眼睛就会把她的全部故事告诉我们。她站在亲爱的妈妈身边，连看我一眼的胆量都没有。当她终于鼓足勇气抬起双眼，也只是快速地看一下，在那一瞬间，我们的目光相对，就像看到了陨落的星星划过天空的光芒，转瞬即逝，这一切令我痛彻心扉。

我看到她深深的极度痛苦中隐藏着一种令人目眩的绝对的美。冷冰冰的监狱里禁锢着一个娇美的灵魂，两个相互矛盾的元素怎么能处于同一个地方？她深蓝色的眼睛刻着一道道发光的白线，如同银河星爆；也许在另外一个时间，它们看上去更像荡漾在蓝宝石水面上的闪光。现在，笼罩在巨大痛苦中的眼神与碎玻璃片的光芒相差无几，发出暗淡的生命之光。

那些深蓝色碎片一样的眼睛无声地传递着难以名状的痛苦、苦闷和自卑。她遭受到的 14 年不同层面的残忍虐待几乎让她走向自我毁灭，内心的爆炸似乎随时都会发生。在那一瞬间的目光交会，我目睹到了她内心的巨大痛苦，差点把我击倒。上帝，这个孩子需要一个奇迹，我祈祷着。

5个月的时间过去了，我仍然没能同珍妮佛进行过一次所谓的真正意义上的对话。她每天都处于崩溃的边缘，令她绝望至极，冰冻三尺非一日之寒，她心灵的修复需要我们付出艰苦的努力。她陷在深深的自我意识中，以至于少言寡语，即使是在讲话，一次也只能蹦出一个单词，而且还得你不停地启发她，语言就像一个陷入洞穴中的攀岩者，你得费很大的劲儿才能把他从心灵的荒凉之洞中拉上来。

我经常给她打电话，但是每次都很难知道我是不是说得太多了，或者是说得太少了。她是不是觉得同别人讲话要面临很大的压力？我太多的话是不是令她感到不安？她是否觉得自己非但没有人爱，而且还是一个大累赘？每次放下电话的时候，想到自己不是她所需要的人，心中不免有些沮丧。我是不是那些难以走进她心灵之门的众多人中的一个？

在12月份里极其寒冷的一天，珍妮佛正骑着我们的一匹带有斑纹的栗色母马德夫，沿着跑马场跑着。透过渐暗的光线，我用心地观察着她。今天，珍妮佛显得尤其忧郁，她的悲伤就像一个活着的东西四处游离，爬过我们之间的空地，撕咬着我的心。这时，我愚蠢地问她："今天你过得怎么样？"

过了很长时间，她的目光才从地上的尘土挪开，摇了摇头，说："不好。"

我示意她骑进跑马场的中央，我们在那里碰面，这样我们就可以进行私底下的交谈了。她勒住马，我把手放在她的膝盖上，抬头看着她的脸，关切地问："亲爱的，发生了什么事？"

她把目光投向一边，竭力想用语言来表达她的思想。当她终于可以开口讲话的时候，她的话就像碎玻璃雨敲打在我的脸上和肩上，令我疼痛难忍。"今天在学校里，一群孩子把我打倒在地上，"她的声音很小，几乎被周围孩子骑马的嗒嗒声完全淹没，"他们轮流打我，还往我的头上扔脏东西。他们大声笑着……比着赛打我，骂我一些十分难听的话。"她的声音更低了。"最后有个人在我的背上用大头针乱写那些骂人的话。"她小声地嘟哝着。

在我们的背后，即使那逐渐落山的太阳似乎都难以承受这巨大的悲痛，悄悄地退到了地平线以下。灰蒙蒙的黑暗逐渐洒满大地，我们俩无声的眼泪洒落在地上。我向珍妮佛伸出双手，她第一次把手伸向我。我把这个抽泣的孩子紧紧地搂在怀里，带有斑纹的栗色马静静地站在那里观察着眼前的一切。

我们肩并肩默默地走了一会儿，紫罗兰色的黄昏已经让位于黑暗，在我们面前的地平线上升起了第一颗星星。

一个月之后，我站在那里，再一次抬头看着珍妮佛，这次,她骑跨在我们最杰出的一匹马上,那是我自己的马,叫爱尔。我们做了一个大胆而轻松的决定,在我们牧场的骑马队伍进入城镇巡游表演的行列时,让珍妮佛成为大家关注的焦点,她和爱尔的身上都披挂着发光的红色织物,上面装饰着亮晶晶的流苏和花环。在她们的旁边,红宝石都会显得逊色。阵阵微风吹动她们的服饰,宛如一道道泛着鲜红色光芒的波浪。在巡游表演中,我们这个 10 匹马和 10 名骑手组成的小组表演的是"圣诞礼物"这一主题。珍妮佛、爱尔和我都装扮一新,扮演"爱的礼物"。这简直太恰当了,因为在她短短的十几年中,珍妮佛了解到太多与爱相反的冷漠的东西。

我们等着进入巡游路线时,几个过路人看到了珍妮佛,他们立刻停下脚步,为她拍照。我向她投去微笑,说:"看,你太美了,连他们都禁不住要给你照相!"她的反应非常紧张,双唇微微向上翘了一下。

终于轮到我们入场,进入到那热闹非凡的场景里了。我们的 10 匹装饰华丽的马向前走着,身上驮着穿着节日盛装的骑手,周围簇拥着五六群穿着鲜艳服装的孩子们。

珍妮佛的工作（也是我们这个组里所有孩子的工作）就是尽可能地让更多的人微笑。我牵着爱尔沿着巡游路线往前走,抬头看着骑在马上的珍妮佛,提醒她别忘了微笑和招手。

话一出口,我就立刻意识到,这对她来说太难了。她看上去像一只刚刚出生的小鹿,由于恐惧全身僵硬,一动不敢动。一点点来吧，我想。

走了大约四分之一英里，我注意到珍妮佛的一只手离开了马缰绳，正犹犹豫豫地做着招手的动作。我的心在微笑。

当巡游队伍走到镇中心的时候，人群已经增加到了上万人，在我们的两旁，人群围到了十层或更多。飘动在空中的装饰物和马匹沿着主街蜿蜒而下，宛如一条多彩发光的河流穿行在由快乐的孩子、男人和女人围成的两岸之间。

在嘈杂的祝贺声中，我听到了一个非常微弱的声音，是的！是她的声音，虽然声音小得几乎难以听到，但毫无疑问那就是珍妮佛的声音。

"圣诞快乐，"珍妮佛向着人群说，然后她用更大的声音喊道："圣诞快乐！"

我抬头看着我的"爱的礼物"正挥动着手臂，她看到了我，冲我咧开嘴大笑了一下。这是我第一次看到她的牙齿！自从我第一次看到她饱受折磨的眼神，一种冰冷的感觉就占据了我的心，现在，她的微笑像一道强烈的太阳光，顷刻间融化了所有的坚冰，即使是一道镭射光柱也不可能有这么大的作用！珍妮佛内心深处仅存的一个小火花突然间迸发成一场医治心灵创伤的熊熊大火，压抑许久的希望终于翻滚涌到了她心灵的水面上。纯粹的快乐就像一团白热化的火焰奔涌而出。

我们周围的骚动似乎突然减弱下来，在珍妮佛对两旁观众热情洋溢的喊叫声中，逐渐退却为一种像是从远处传来的背景音乐。这一天成了我生活中最辉煌的日子。

　　一定要打破厄运的坚冰，这是珍妮佛自己的选择。我委托她作为牧场里日常事务的初级管理者，每天她都在进步。和许多她那个年龄的孩子一样，她与不安全感、自卑和害羞心理进行着激烈的斗争。为了征服生活中的一个个坚实的堡垒，她做得很卖力，很辛苦。

　　就这样，珍妮佛一天天地逐渐变得坚强起来，她终于战胜了自我，重新找回了自信。她开始为别人树立榜样，主动去拥抱别人。在第二年的夏季，她开始关注一些小孩子的需要，让他们感到被爱、被接受。她甚至帮忙给初级管理班的学员上课。我静静地望着她，从一个项目忙到另一个项目，把我们的牧场变成了一个更好的地方。通过给她机会，让她自己战胜痛苦，她变得更加坚强起来。珍妮佛翱翔在曾经痛苦不堪的地平线上，现在，她的心里充满了无限希望，夜晚里的星星已经升起。

　　在9月里炎热的一天，珍妮佛以她固有的平静口气说道："我想时机已经到了。"我们经常谈起她的梦想，就是拥有一匹自己的马。现在我拿出一支钢笔和一个拍纸簿，我们并肩坐在马具房的门廊上，一起列出了一个清单，把我们需要买的东西都写在上面，还加上了每样东西的价钱。

　　我们把所有的东西全部写了下来，然后算出总数，一共是2 000多美元，这还不包括买马的钱。对于珍妮佛和她的单身母亲来说，一下子拿出这么多钱，真如同在水上散步，是一件很难办到的事情。我相信这件事能够成为现实需要具有赫拉克勒斯一般的信仰。

她需要一个奇迹。

我告诉珍妮佛为此祈祷,"如果这是上帝的旨意,"我说,"那么这件事迟早会按照上帝安排的时间发生。"

珍妮佛每天晚上给我打电话,描述这一天中发生的奇迹般的事情。家里的一个朋友有一个英式马鞍,他们愿意忍痛割爱;另一个朋友捐献了一个络头,外加几个小饰物;随后她的一个亲戚在车库里找到了一个旧盒子,里面装着马夫用具。在一个星期的时间内,珍妮佛便集齐了清单上的每样东西。

现在万事俱备,只差一匹马,她的梦想就实现了。就是为了逗她开心,我问道:"如果钱与此毫无关系,你会选择那种马?"

她结结巴巴地支吾了一会儿,对她来讲,张开想像的翅膀,让她的梦想自由地驰骋似乎是一件很不容易的事情。只要是心脏能跳动的四条腿的动物,无论是什么颜色,她都会非常喜欢。但她慢慢地向自我挑战,开始想像她梦中的马。"如果我什么都能选择——"她的眼睛转动着,然后看着天空的方向,意味深长地说,"我要选择一匹和你的马一模一样的马,就像爱尔一样。有朝一日,我想学习驯马,也许会做英式或狩猎马的表演。"这时,她陷入了沉思,一只手捧着下巴,说:"我想我真的很喜欢一匹纯种的马,最好是一匹公马……不,是一匹母马,对,确实是匹母马。如果她很高大,那就更棒了……也许是 16 揸。"

"既然我们在梦想着，"我露齿而笑说，"那么咱们梦想一种颜色吧。"

"嗯……黑色，不，还是红棕色吧，我总是喜欢红棕马。"她补充了一句，凝视着远方。她沉浸在自己的想像中，梦想着拥有一匹专为自己量身定造的完美的马。过了好一会儿，她才又重新回到了现实，微笑着看着我。通过言语，她的梦想有了生命，我希望她和我一样对此感觉良好，心情倍感愉快。

在我们的牧场周遭的地方，我们的马匹援救行动已经是家喻户晓的，牧场经常接到一些人打来的电话，他们想要捐赠马匹，或是捐给牧场，或是捐给收养的家庭。几乎所有的这些马都有这样那样的问题，或者是马的年龄太小，或者老得剩不下多少"有用"的时光了。他们通常身体衰弱，或者有着危险的行为问题。很少有人捐献健康的马匹，因为他们宁愿把这些马卖掉。

在珍妮佛做"马的白日梦"之后的第五天，我接到了一个电话，是一位妇女打来的，她说她的女儿用这匹马已经演出好几年了，现在她换了一匹马，以便在更高的水平上参加表演。我们在电话里交谈得十分愉快，我拿出收养安置笔记本，记下了她的名字和电话号码。

随后就是一系列常规的问题。"您的女儿主要做那种类型的表演？"我问道。

"主要是狩猎马表演，"这位妇女回答道，"这匹马是一匹 A–B 级别的马术表演马，她没有什么不良习惯，身体完全健康。"

我坐直了身体,希望从我的心中升起:"你还能告诉我关于她的一些事情吗?"

"她 12 岁,身高 16 搾。"

由于兴奋,我差点写不出字来了!我在头脑里把珍妮佛的梦想清单过了一遍:马术表演马——对号,纯种马——对号,母马——对号,16 搾——对号……我还得问问她:"我知道这是个很可笑的问题,但你能告诉我她的颜色吗?"我死死地闭紧双眼,感觉到了鼻子上的皱纹。

"哦,她是一匹深色的红棕马。"她语气平淡地说。

"太好了!"放下电话后,我几乎喊了起来,椅子都让我给踢翻了。我扶起椅子,大笑着,喘着粗气说:"能够兑现一个孩子的祈祷是一种怎样的感觉?"

一个星星从夜空中升起。一个火花燃烧成熊熊大火。一颗破碎的心逐渐获得力量。一个遥远的愿望找到了翅膀。梦想变成了现实。这些都将成为珍妮佛神奇的生活之旅中穿越绝望之海的宝贵踏脚石。

她蓝宝石般的眼睛里白色的裂纹曾经令我联想到破碎的玻璃,现在却如同星星发出刺眼的光芒。当珍妮佛把她柔软苍白的脸颊轻轻贴在马的温柔的黑色面颊上时,我看到她眼里洋溢着幸福的神情,一个朋友问:"你的新马叫什么名字?"

她闪过灿烂的微笑,为了感谢那个应验了她的祈祷的至高无上的人,她简单地回答道:"她的名字叫'奇迹'。"

225

一人行动

Force of One

　　我的生活之所以能够如此地幸福，缘于我有一大群的朋友。每个朋友都各有千秋，与众不同，体现着惊人的个人魅力，就像你手中抱着一大束花，每个单独的花都是极品，而且都带有无与伦比的芬芳。

　　卡蒂就是这样一朵稀有的花，她不断地向人们证明，如果人的心灵像鲜花一样深深地植根于无私的肥沃土壤里，那么它就会无比的美丽。卡蒂在不止一个场合教会我，在接受恩泽的同时，能够与人分享你的所有，这真的是一种美丽。对她而言，慷慨是我们每一个人能够做到的最自然的事情之一。

　　当我挣扎在外来资金筹措的纠葛中时，她却应付得十分自如，就像呼吸那样简单轻松，卡蒂天生就知道怎样为她认为正确的事情筹集资金。她无需流汗，更不必挣扎，不用敲鼓或摇铃以引起人们的注意。她天生具有一种安静的自信，她知道如何在她繁茂的枝叶下清理出一块空间，让那些美好的事情在身边成长壮大。

　　只要哪里需要帮助，卡蒂就会把援助之手伸向哪里，这已经成了她生活中的例行公事。她会做一些无伤大雅的小事情，比如在她的生日庆祝会上摆上一个货摊，然后通知她的客人，所有的收益都将捐赠给她选择的慈善机构。

她会谁都不告诉，就把她所有的值钱的礼物聚合到一块，她不是把钱花在自己的身上，而是静静地把钱作为礼物邮寄到我们的牧场，帮助养育那些她几乎都不认识的马。

如果说卡蒂的善意的行为让我羞愧难当的话，这还只是她感动我的一部分内容。我已经从她身上学到太多的东西，她真是那些具有奉献精神的人的楷模。卡蒂不断地让我记住，就像任何人都可以做到的一样，她是一个真正的个人行动者。

所有这一切都来自一个只有 11 岁的孩子那里，她住在几百英里之外的地方，而且只来过牧场一次。

愚笨的家畜？

Dumb Farm Animals?

　　在没有灯罩遮盖的明亮的黄色灯光下，栗色马浑身颤栗地站在那里，痛苦地呻吟着，严重的腹部绞痛令他心力交瘁。

　　腹部绞痛这种病，是由于肠内的阻塞造成的，所有的马主人对此病都惧怕万分。这种病的起因有很多——饮食或天气突变，情绪紧张，进食太多养分过高的草，误食发霉或污染的饲料，体内的异物等等，不一而足。即使马是以他们的力量和耐力广为人知的，但他们的消化系统却极其脆弱。马不会吐出食物，所以不论吃下什么，都必须经过整个的消化管道——大约100英尺长的曲折蜿蜒的肠子。

　　一些腹部绞痛很轻微，只要让马不停地走动，就可以痊愈，但是一些比较严重的绞痛，或者会立刻要了他们的命，或者令他们痛苦不堪地不停扭动身体，有时可能持续几天的时间，直到肠子破裂脱出，最终倒地身亡。

　　就像人类的癌症一样，腹部绞痛并不都是致命的，但人们总是谈之色变。让那些患有严重绞痛的马匹接受外科手术会令他们极度痛苦，简直难以忍受，而且费用相当昂贵，预后效果通常很糟糕。在可选择的几种治疗方案中，我们决定对病马昆西采用静脉注射液体疗法。我们为他静脉注射，希望阻塞的地方能够充满液体，形成通道，令食物流出体内。

特洛伊、莎拉和我迅速地把一个马棚改造成临时医疗室，把昆西松松地绑在一个角落里。我们用锤子在他的上方钉了一个临时的钩，用来挂静脉注射液的袋子。导管插入管在他脖子两侧的静脉上凸起，管道已经完全开通，只等注射液不受任何阻碍地流到大拇指粗细的静脉里。

寒气刺骨的冷雾开始在我们的周围聚集，在每件东西的表面上都形成了 1 英寸厚的错综复杂的带花边的冰晶。在温暖的屋子里欣赏这白色的奇观——大自然最精致的艺术作品，当然是很惬意的事情，但直接去感受冬天如针一样刺骨寒风的撕咬又是另外一回事了。

还没等静脉注射液进入病马的体内，刺骨的寒冷就已经把它冻在缠绕的输液管内了。我们支起了一个煤油加热器，以保持液体的流动性，同时为我们生病的朋友取暖。

共 5 升的静脉注射液的袋子都干涸了，注射液以每袋 15~20 分钟的速度流到了昆西的静脉里。每一次痛苦的肠子收缩都令他颤栗、呻吟，我们也只能站在一边伤心地观看着。

冰冷的液体到了他的体内，昆西很快就开始剧烈地抽搐。我们全力以赴地保持他身体的温度，用三个可以完全遮住其身体的大毯子把他包住，又在上面铺了一个耐用的睡袋。然后我们匆匆上山,从房间里又拿出 20 多袋的静脉注射液,大约有 25 加仑重,把他们放入热水盆中一点点烫热。

一切都完成以后,我们也再没有什么可做的了,就站在一旁等待。时间嘀嗒嘀嗒地过去,已经是凌晨两三点钟了,接着,我们亲眼目睹到了一些完全超乎我们想像的事情。

昆西的"病房"门一直通向大畜栏,我们的大多数用于骑乘的马都在那里面。令我们感到惊讶的是,这些马以 20 分钟的间隔,一个接着一个,畜栏中几乎每匹马都过来探视昆西。

我们的一匹高大的驮马鲁克,是昆西的主要玩伴,他是第一个前来提供同情和援助的。他尽可能地伸长那威武的脖子,探到病中的朋友的马棚里,用他的嘴唇轻柔地摩挲昆西的臀部和尾巴。当昆西痛苦呻吟的时候,鲁克也低沉地嘶叫着,声音小得几乎听不到。

特洛伊、莎拉和我睁大眼睛,面面相觑,一句话也说不出来。

理沃是一匹阿拉伯种的红棕马,是第二个前来探视的。他长得很小,需要四蹄收拢才能伸到马棚里,他不时地把他的下巴贴在生病的朋友的尾巴上。

在那个寒冷的晚上,我们自始至终地观察着,一匹马接着一匹马,每匹马都对他们生病的朋友给予了特别的支持,好像这些"愚笨的家畜"(人们通常这样称呼他们)也了解爱的治疗价值。

特洛伊值大夜班,他试图靠自己的力量抵挡住风寒,但收效甚微,于是,他用马毯和睡袋做了一个小窝,钻到里面去,每隔十五分钟起来换一次注射液袋。

天气越来越冷,最后他不得不把一块马毯钉在昆西身后的一个地方,堵住那里的一个大洞,尽可能把热气封闭在里面。时间一分一秒地过去,天气也变得越来越冷。

第二天早上,我把我的大多数衣服一层层地套上,尽量保持身体的热量,使自己免受寒冷的侵袭。我打开前门,走到外面刺骨的冷风中,天上、地下以及天地之间的万物都处于一片冰冻的白茫茫中,在厚厚的一层亮晶晶的白冰下弥漫着香味。

透过大雾,谷仓渐渐映入眼帘,我非常惊讶地看到,这些马没有像过去那样聚集在门口,四处踱步等待他们的早餐,而是像足球队员那样聚拢在通向他们病友的遮着毯子的洞口处。

若不是亲眼所见,我真的不敢相信,对昆西的关心似乎比满足他们对食物的需求更重要。直到我穿过大门,用手推车运来一堆堆的草,我们的马群才从那种拥在一起的相互支持的状态分散开来。

莎拉和我值白天的班,寒冷还在继续。我们会不时地把洞口处的毯子拉开,观察着我们这个马的大家庭有规律的轮流安慰他们生病的伙伴。

马一直不间断地来看昆西,一天 24 小时,足足坚持了

4天。

到了第 4 天,特洛伊、莎拉和我都累得精疲力竭了,我们知道昆西很快或者阻塞畅通或者死去。

在这天下午,来了一小队孩子,他们听说了昆西的不幸遭遇后,静静地走进谷仓里。他们像畜栏里的马一样,一个接一个地进来安慰这匹生病的马。一个小男孩甚至把他的脸埋在昆西的肩上哭泣,他说话的声音非常小,好像只是为了让他的四条腿的朋友听到,我听到他请求说:"请不要死……请不要死。"

所有的孩子都去看了昆西以后,他们决定一起为他祈祷。他们的信心就像脚下的土地一样坚定,他们伸出手,把手指交织在一起,拧成麻花样。随之而来的祈祷足以撼动瀑布山脉的任何一座高山。

那天下午, 希望的光芒驱散了一直笼罩着我们的忧郁。昆西的肠子开始搅动翻滚,发出很大的声响。动了!肚子里面的东西正在动! 随着每一个轰隆隆的咆哮声,莎拉的眉毛都要向上扬一下,将信将疑的笑容浮现在我们的脸上。

几乎在同时这个满肚子是水的马开始排尿。每隔几分钟,他就会排出大量的液体。

随后,这4天以来他一直拒之门外的报信者来了——他排气了——放屁了。

"啊哈!"莎拉和我欢呼雀跃着,在谷仓里跳起了胜利的舞蹈,昆西像笛声一样的每一次排气都惹得我们一阵大笑。我想此时如果天使们看到了我们两个人因为马的排气而如此兴奋，他们一定也会笑得前仰后合，直不起腰来的。

在接下来的一个小时里，马的后腔变成了一个大众的杀伤性武器，方圆8英尺的范围内无一幸免。在我的一生中，我从来没有这么兴奋地观看一匹马的这种爆发性的腹泻！

到夜幕降临的时候，昆西已经可以随意地吃喝了，粪便也正常了。危机已经过去，但在给予大量的止疼药，输入到体内157升的静脉注射液之后，我仍然认为他的康复不仅仅是药物所能做到的。在他饱受病痛折磨的时候，我相信他坚持与疾病斗争的决心来自于马的大家庭，是他们付出的爱和同情心激励了他。在他需要帮助的时候，他永远不会是孤军奋战，当他力量渐衰时，他们给予他力量。同时我也相信，那些来自马迷俱乐部的爱心奉献和祈祷也起到了很大作用，把他从死亡的边缘拉了回来。

第二天早晨，我倍感宽慰，心情异常轻松。我把昆西放回到那个大畜栏里，好像那些马的心是金属的，而昆西是磁铁的磁极，每匹马都轮流与他相对。他们的耳朵向前奔拉，眼睛注视前方，静静地来到他的身边，围成了一个大圈，好像要保护他一样。他们检查昆西的整个身体，对两个部位给予了特别的关注，一个是鼻孔，一个是他脖子上剃毛的地方，因为导管从那里插入，现在上面还有个伤口。

我观察着昆西重新回到马群里受到的热情接待，不禁觉得这个场面怪熟悉的。于是，几乎忘却的记忆如潮水般涌回来了,那时我上三年级,也经历了这种类似的同伴的嘘寒问暖。

我当时因为做体育运动摔了一跤,嘴唇和下颌缝了 28 针,一个星期没有去上学。回到班级的那天着实引起了一场轩然大波,老师最终不得不妥协,让整个班的同学围在我的身边。

像一个小牛仔穿戴整齐,就为了向来访的阿姨展示一下,我慢慢地一个接一个地接受他们的关爱。"伤口疼吗?"他们问。"哇呜!缝了多少针?""我能摸摸吗?""你没事了吧?""缝针一直逢到整个嘴唇吗?""你什么时候拆线?"

最后他们说:"我们很高兴你回来了,我们想你。"

观察着那些马欢迎昆西重新回到畜栏的情形,我禁不住纳闷,这匹马是不是已经接受了那些马善意的询问和支持?看上去真的很像。我关上畜栏门,轻轻笑了一声说:"愚笨的家畜?我们人类没有他们那么愚笨,真是太糟糕了。"

一次温暖的握手

A Warm Handshake

这是一个尘土飞扬的大热天,傍晚时分,我们从牧场的公共庭院向山上的家走去,这段路似乎特别长,走也走不完。在进家门之前,我拽掉靴子,掸去裤子上这一下午的尘土。我们的客人要在晚上的时候到这,因为我们组织了一个小团体,每周聚会一次,吃晚饭,唱几首歌,听特洛伊讲讲圣经。这个团体带给大家一种家庭般的温暖感觉,非常受大家的欢迎。

这里的每个人都知道在这个时刻,破碎的心灵可以寻求慰藉,柔弱的人能够得到帮助,分发礼物也变得像播撒纯金的种子一样快乐。每当我们聚到一起,我们就是一个小团体,一个家庭,我们虚弱的双手会变得强壮,这是我们一个星期中最喜爱的时间。

做完简短的饭前祷告,我们放下双手,饥饿的人们很快把手指伸向了每一只碗。我的小厨房里到处都是那些满身尘土的人,我们屁股碰屁股,肩擦着肩,互相帮助把盘子装满。在格格的笑声中电话响了,我手里拿着一个吃了一半的烤土豆,像碰碰车一样从人群中穿过,终于来到了电话的旁边,我一把抓起了听筒。

是雷打来的,他是爱丽莎的父亲,尽管我不十分了解他,但我可以立即断定他那牧场主式的随和的说话风格多少有些牵强。我们的对话很简短,原来他的背部受伤了,现在非常疼痛。更糟的是,他当时一直在捆草:"你能不能让爱丽莎回家,帮一下我的忙?"他说话的声音听上去像是在忍受着巨大的痛苦。

"割下来多少草?"我捂着一只耳朵以便更好地听清他的话。"我的这块地很小,"他说,我听到他在自言自语地估算着,"也许两三百捆吧。"我的目光穿过饥饿、拥挤的人群,停留在爱丽莎的身上,尽管我们都知道她的身高已经有5英尺1英寸了,而且是个土生土长的牧场中人,精力充沛,肯卖力气,但今天的这个任务远不是她所能够胜任的。

我的内心开始进行激烈的斗争,我非常愿意帮他,但……我环顾着家里面的孩子们和领马员,他们刚刚坐下,膝盖上放着装满饭菜的纸盘。晚饭已经开始了,我们在一起的时间将一直持续到黑天。

我的目光停留在这群人身上,这些人来到这都是为了寻找友情、帮助以及任何能够填补他们空虚心灵的东西。这时,好像有一阵闪电从我疲惫的大脑中划过:真正的幸福不在于得到我们没有的东西,而在于奉献我们的所有。在我们的生活中,最伟大的快乐,最平和的心境,最辉煌的成就感来自于给予我们所拥有的东西,而不是谋求那些我们想得到的东西。如果这个年轻的团体想真正寻求一种成就感，我想这就是他们的选择。猛然间我告诉雷先放下电话，过会儿我再给他打过去。

我请大家安静下来，给他们讲了雷的困境。孩子们连一句犹豫的话也没有说，就全身心地同意了我的解决办法。爱丽莎对此感激涕零，给她爸爸回了电话，简单地说："别担心，爸爸，援助很快就到。"

大家把晚饭和盘子放在厨房的料理台上，开始为即将到来的任务做准备。他们从起居室里的衣帽架上拽下自己的帽子、手套和长袖衬衫，从前门鱼贯而出，我的丈夫特洛伊在前面带路。大家蜂拥上了卡车，我们匆忙地搭起了一个帆布篷，因为雷的牧场距离我们这里有几百英里远。

到达目的地以后，孩子们戴上手套，随着雷的压捆机发出的轧轧声来到了牧场里。孩子们像飞起来的鹅一下子冲到吱吱嘎嘎的割草卡车的前面。一组孩子把草运到卡车平台上，卡车上的那组孩子把不停地扔到脚底下的草整齐地捆起来。在任何牧场主看来，这都是一首流动的小诗。

我举起一叉子的草扔到正在工作的平台上，禁不住想起了我的祖母，这个回忆让我露出了欣喜的笑容，我知道，她会把这叫做"一次温暖的握手"，这是她自己的一个说法，用来形容去帮助那些靠自己的力量难以完成一件事人们。

太阳从地平线上缓缓下降，偶尔会光芒四射，好像也要极力配合我们现在的工作。柔和的橘黄色的光芒洗礼着大地,附近的一条小溪心满意足地潺潺流淌着,声音渐渐升高,轻轻地汇入到夜莺们的合唱中来,所有的生命似乎都在为即将到来的新的一天而庆祝。

我观察着孩子们,在绵延起伏的干草地上边跑边笑,在刚刚割过草的牧场上每走一步,好像都会散发出一股湿乎乎的草香,充满着夏天的芬芳味道。牧场沐浴在黄昏的红彤彤的色彩中,加上飘来荡去的温暖的富于生命的清香,好像这个地方本身已经成为了一个天堂。

把最后一卡车的草运到谷仓里以后,这个乐善好施的年轻团体便一起走回到诱人的红色牧屋里。让大家颇为惊讶的是,爱丽莎的母亲正等着我们呢,在铺有方格桌布的桌面上,摆满了刚刚烤好的水果馅饼、冰激凌以及装满甜甜的薄荷茶的玻璃壶。

一晚上的劳动让他们身上都湿乎乎的,他们互相拥抱着对方湿漉漉的身体,带着满足的倦怠,拿着盛满馅饼的盘子,坐在了树下,这棵枝叶繁茂的大树的树枝上挂满了柔和的黄色灯泡。

我斜靠在一个旧木凳上,手里拿着盛有冰茶的高脚玻璃杯,欣慰地看着这群年轻人。我暗自思忖:这就是友情,援助不会局限于某一个地方或某一个人——它就是我们本身。它是用我们的心和我们的双手做到的事情,是我们决定给予的一切。

幽暗的树枝上闪动着柔和的黄色灯光,一只夜莺像是随声附和似的,歌声响彻在夜色里。